Hakuyou
「氷雪の花嫁」

これまでの全身の肌への愛撫とはちがう、それそのものが性感帯で覆われているようなペニスを口を使って可愛がられて、鮮やかで強い快感が何度も下腹部から弾ける。

「いやッ、あ、やだ……ああう、アンッあ……いや、あふ……っ、ハ、あ、あふッ……」　（本文P.89より）

氷雪の花嫁

楠田雅紀

キャラ文庫

この作品はフィクションです。
実在の人物・団体・事件などにはいっさい関係ありません。

目次

口絵・本文イラスト／夏河シオリ

妻を殺された。

恨みと怒りは凄《すさ》まじく、男は荒れ狂った。

「このままそなたが暴れていてはこの山は人が住めぬ山となり、そなたも悪鬼と化してしまう。この山の一部を預かる者として、そなたの友として、それは見過ごせぬ」

と、古い友人である狐《きつね》の神に力ずくで止められるまでの数ヵ月、男は暴れ続けた。

怒りのあとには、今度は身を切られるようなつらさと悲しさが訪れた。

(ひとり、生きていくぐらいなら)

悲しみに飲み込まれて、何度、死を願ったことか。老いることもなく、普通なら死ぬこともない身だったが、それでも霊力を使い果たせば霞《かすみ》となって消えることはできる。だが、

「必ず、必ず、戻ります……待っていて、ください……」

息を引き取る間際の妻の言葉が、男を引き留めた。

妻にもう一度会いたい。もう一度、妻をこの手に抱きたい。その想いだけで、男は孤独に苛《さいな》まれる時間を耐えた。

「いつだ。いつ、おまえは帰ってきてくれるのだ」

男が作った氷の中で、生前と変わらぬ美しさのまま、まるで眠っているかのように見える妻

に男は何度も問いかけた。

　十年のあいだ、男は凍らせた遺体のかたわらでそうして泣いてすごした。妻の遺体を眺めることが男の唯一の慰めだったが、遺体を土に還《かえ》すか、煙にして空に還すかしてやらなければ、人の魂は輪廻《りんね》に乗って巡れないと聞かされて、泣く泣く土に埋めたのが十一年目。

　それからは今日帰ってくるか、明日帰るかと、山に入ってくる人間がいれば、妻が帰ってきたかとすぐに確かめに飛んだ。夏場に麓《ふもと》に留《とど》まり続けるのは氷雪の妖《あやか》しである男にはつらかったが、甦《よみがえ》った妻と一刻も早く会いたい一心で男は麓から離れず、旅人があれば近隣の山へも出向いた。

　何度も期待し、同じ数だけ失望した。

　そうだ、生まれ変わっても山登りができる年になるには間があるだろうと気づいてからは、今度は赤子が生まれたと聞くたびに、男は西へ東へと飛ぶようになった。

「人の魂は我らとちがって弱い。いくら想いがあっても転生できるとは限らんぞ」

　ぼろぼろになりながらも甦った妻を探そうとするのをやめない男に、狐の神は「もうあきらめろ」と諭《さと》してきたが、男は耳を貸さなかった。

　全身全霊をかけた約束を、妻は必ず守ってくれる。

　しかし――泣き続けた十年と、探し、待ち続けた百年のあと、男は孤独がつらくなってきた。

　妻はきっと帰ってきてくれる。けれど、いつ？

待ち続けるつらさと不安に疲れた男は、眠ることにした。

かつて妻と暮らした洞の近くで、目覚めるのは妻が戻ってきた時だけと、己自身に呪《しゅ》をかけて、男は眠りについたのだった。

〈1〉


「これ、補充ですよね」

バイト仲間の女子大生が、ペットボトルの重い箱を持ち上げようとしていた。

「あ、いいよいいよ、ぼくが持つよ」

八坂蓮《やさかれん》は気軽に言って、久保田佳奈《くぼたかな》が持とうとしていた段ボール箱を、さらにその下の箱ごと持ち上げて台車に載せる。

「センパイ、すごい、力持ち」

四月に大学生になったばかりの佳奈は、蓮がこのスーパーでのバイト歴が四年目で、さらに大学も学部も同じと知ると、「センパイ、センパイ」と呼んで、なにかとなついてくれるようになった。

「センパイ、見かけによらず力持ちですよね」

「いや、男だったら普通でしょ」

見かけによらず、という言葉はあえて聞き流す。身長はなんとか一七〇はあるものの、筋肉も脂肪もつきにくいスレンダーな体形な上に、目鼻立ちの整い方も優しげな蓮は、容貌《ようぼう》を褒《ほ》められる時も「イケメン」ではなく「美人」と言われる。北国育ちなせいで色白で、髪も瞳も染めてはいないのに茶色がかって柔らかな色合いなのも、男っぽく見られない理由だろうとは自覚している。

「えーでも、わたしのカレピッピ、わたしより力ないよ？　こんな箱持たせたら一個で絶対ふらつく」

それは彼氏のことを「カレピッピ」なんて呼んでるせいじゃないのかと思ったが、よけいなことは言わずにおいた。

「ぼくは筋トレとかしてるから」

「えーマジですかあ？」

「登山部だからね、これでも。久保田さんぐらいだったら、背負って階段のぼれるよ？」

少しばかり自慢げな気持ちで、蓮は胸を張った。

「登山部？　マジで？　えー見えなーい」

「森林科学部の人間、多いよ、登山部に。教授によっては現地調査バンバン入るから」

「あ、そっかあ！　えーどうしよ、わたし山苦手」

「座学中心の先生を選べば大丈夫だよ」

話しているあいだに台車への積み込みが終わる。佳奈とふたりでドリンクコーナーへと台車を押して行く。

「センパイはどうして登山部にしたんですか？　わたし、どのサークルにしようか迷ってて。やっぱり卒論のこととか考えたの？」

「いや、勉強のことは関係なくて……子供の頃から父によく山登りに連れてってもらってて、山が好きなんだ」

特に雪山が、と続けようとしたところで、『レジ応援、お願いします』と店内アナウンスが入った。

「じゃあ久保田さん、レジ行って。ここはぼくひとりで大丈夫だから」

「はーい、行ってきまーす」

佳奈がレジ応援に行き、蓮がひとりで品出しを続けているところへ、

「八坂君、ドリンクの品出し、まだかかりそう？」

と店長が来た。店長は四十を超えたばかりなのに腹の出具合を気にしている中年男性だ。

「もうこれで終わりです」

最後の箱を開こうと、床に膝《ひざ》をつく。

「そういえば、この商品……」

ちょうど蓮がしゃがみ込んだ位置の棚に、店長の気になるものがあったらしい。ひょいと蓮の頭上から店長が手を伸ばした。

「っ」

頭上から影が落ちてきて、蓮は息を飲んだ。店長が上から覆いかぶさってくるような錯覚に、闇雲な恐怖が突き上げてくる。

「ひやあっ！」

逃げようとした拍子に尻餅《しりもち》をつき、それでも手と足を使ってその場から逃げようとした蓮は背後に置いてあった台車にぶつかり、積んであった空箱が音を立てて落ちた。

「……あ……」

目を丸くしてこちらを見ている店長の視線に、はっと気づく。

「す、すみません……び、びっくりして……」

「ああ、ごめんごめん」

蓮のその恐怖を知っている店長が苦笑いを浮かべた。

「八坂君、いきなり人に近づかれるの苦手だったよね。うっかりしてたよ」

「いきなり人に近づかれるのが」ではない。正確には「男性に近づかれるのが」だ。特に今のように上から覆いかぶさってこられるような位置だとさらに恐怖が増す。別に手や肩が触れる程度は平気だが、友人相手でもべったりとくっつくように肩を組んでこられたり、ふざけて抱きつかれたりすると悲鳴が出てしまう。満員電車で周囲を男性に囲まれると冷や汗が出てきて気分が悪くなる。

店長はそんな蓮の接触恐怖症気味なところも理解してくれた上で、バイトとして使い続けてくれている。その店長相手に悲鳴を上げてしまったことが申し訳なかった。

「……すみませんでした……」

蓮は立ち上がって頭を下げた。

ちょうど客の姿がないところでよかった。台車に空箱を積み直す。

（カウンセリングでも行ったほうがいいんだろうか）

思えば小さな頃から大人の男性が苦手だった。大きな怒鳴り声や威圧的な態度が怖くて怖くて仕方がなく、小学校時代は男性教諭が担任になると萎縮《いしゅく》してしまっていた。それでもまだその頃は友達同士のふざけ合いは平気だったが、自分も含めて周囲も成長してきた中学時代にはじゃれ合いもつらくなり始め、高校生になると冗談で抱きつかれるだけでも恐怖で身がすくむようになった。

電車は一番込み合う時間帯は避けるとか、何駅か戻っても座席を確保するなどの対処法があったし、友人たちも過剰なスキンシップが苦手だと説明すればわかってくれて、日常生活にはさほどの不便はなくすごせているが、不意の恐怖は嫌なものだ。

（こんなふうにいきなり大声出したりとか……店長はわかってくれてるけど）

大学四年生の蓮は大学院進学を希望しているが、社会に出た時に周囲が必ずしも理解を示してくれるとは限らない。

（なんで怖いのかなあ）

母親に聞いても、「そういえば、赤ちゃんの頃から蓮はよその男の人が苦手だったわねえ」と首をひねるばかりだ。蓮自身も思い当たるような原因はなにもない。

(やっぱりカウンセリング、一度受けてみようか)

はあ、と溜息《ためいき》をつく蓮だった。


昼までのシフトを終えて、蓮は午後、ゼミの教授の研究室に顔を出した。なにか新しい知らせがあるかと掲示板の前で足を止める。連絡事項はＬＩＮＥやメールでも来るが、この研究室では掲示板もまだ現役だ。

一枚の張り紙が目に飛び込んできた。

「日本《にっぽん》アルプス・檜恵岳《ひのえだけ》フィールドワーク参加者募集について」

本州のほぼ中央に幾筋も走る山脈群はまとめて日本アルプスと呼ばれる。檜恵岳はその日本アルプスの北東に位置する標高三千メートルを超える高山で、裾野に自然溢《あふ》れた風光明媚《ふうこうめいび》な観光地として有名な愛山《あいざん》市を抱えている。登山愛好家にも人気の山だが、蓮はまだ登ったことがなかった。フィールドワークの実施は一ヵ月ほど先の五月中旬となっている。

(檜恵岳なら上のほうはまだ雪が残ってるかな)

ごつごつした岩場も急峻《きゅうしゅん》な坂も、すべてをこんもりと覆い隠してなめらかに広がる雪原、針のように細い枝葉の先端まで氷の粒がつき、繊細な工芸品のように美しい樹氷、重い灰色の空からふわふわと落ちてくる白い雪——五月ではさすがに雪原も樹氷も降雪も見られないだろうが、それでも檜恵岳なら中腹でも凍ったクレバスや雪の残る谷間があるだろう。

日本海に面した雪国に生まれ、冬の数ヵ月は雪ばかりを見て過ごさねばならないような環境にいた頃から、蓮は雪が大好きだった。毎年、初雪がちらつくと心が躍り、最後の雪が泥と混ざって消えてしまうと悲しくなった。

特に蓮が好きなのは雪山だ。初めて両親にスキーに連れて行ってもらった時の感動は忘れられない。一面の銀世界と、連なる山並みに心が震えて訳もなく涙が出てきた。どうしようもなくうれしくて、同時にせつない、不思議な気持ちだった。

登山部に入ったのも、子供の頃から両親に連れられて登山を楽しんでいたせいばかりではなく、雪山での感動が忘れられなかったからだ。なにがそれほどうれしくてせつないのか、その理由はわからないままではあったが。

(檜恵岳は登ったことないし、行ってみたいな)

心を動かされて蓮は募集要項に目を走らせる。

期間は五月十八日から二十四日までの一週間、宿は四合目にある県立の保養所、交通費と朝夕食事付きの宿泊費は研究室負担だが、それ以外の実費は自己負担、目的は「檜恵岳東斜面における土石流発生原因研究のための地層と地形の実地調査」となっている。

（登山準備必須……ってことは、かなり上まで登るのかな）

「八坂君、登山部だったよね？　参加してみない？」

募集要項を熱心に見ていると、後ろから声をかけられた。一メートル以上離れた位置からゆったりと声をかけてもらえたおかげで、蓮はあせらず振り返ることができた。

この研究室のボスである岡本《おかもと》教授だった。まだ四十歳前の若さながら、土砂災害研究の第一人者として土木学会でも一目置かれている新進気鋭の研究者であり、この東都《とうと》大学森林科学学科の人気教授だ。素顔は気さくで穏和な、学生たちの兄貴分のような教授だった。

蓮にとっては三年生のプレゼミから教えを受けている教授だ。

「今度のフィールドワークは檜恵岳の八合目あたりまで見に行こうと思ってるんだ。登山部の八坂君がいてくれると心強いんだけど」

そう岡本教授に言われて、蓮の心はさらに動く。檜恵岳は日本アルプスの中でも北に位置し、降雪も多い。八合目まで行けば、まちがいなく雪も残っているだろう。

「でも学部生のぼくが行ってもいいんですか？」

研究室には蓮のような卒業論文のためのゼミ生のほか、本格的に研究に取り組んでいる大学院生も多い。

「もちろん。古い記録を見るとね、檜恵岳の東斜面は昔から土石流被害が多かったようなんだよ。ここ五十年ほどは人的被害が出るような災害は起きてないんだけど、昭和初期にも大規模な土石流があったところだから、八坂君の卒論にもぴったりでしょう」

蓮の卒論のテーマは「自然ダムの崩壊による土石流発生の予知と防災」だ。

自然が荒ぶる時のエネルギーは凄まじく、人の力をはるかに超えてしまうが、それでも、予知や防災によって被害を減らす方策があるなら、それを学んで、少しでも被害を軽減する一助となりたい――その思いで選んだ卒論のテーマだった。

山登りが趣味なせいか、山肌がごっそり削れて落ちる崖崩れや、鉄砲水が土砂や木々を巻き込んでなだれ落ちる土石流の映像が蓮は苦手で、だからこそ、その予知と防災の手段が知りたかった。

教授とともに行く現地調査なら学ぶことは多いだろう。来月のバイトのシフトはまだ入れていないが、今までも山岳部の活動に合わせたシフト申請には融通をきかせてもらっている。

「ぼく、行きます、参加します、フィールドワーク」

蓮は岡本教授にそう答えていた。


岡本ゼミ主催「檜恵岳フィールドワーク」は岡本教授以下、講師の安藤《あんどう》や助手の黒崎《くろさき》、大学院生、そして蓮のような学部生を含めて、総勢十五名となった。

岡本教授は蓮を「登山部の八坂君がいてくれると心強い」と誘ってくれたが、山岳地帯での土砂災害研究が専門の岡本ゼミに所属しているだけあって、十五名全員に二千メートル級の山の登山経験があった。

関東平野にある東都大学最寄り駅から列車を乗り継ぎ三時間で愛山市に着く。愛山市からは予約してあったレンタルのマイクロバスで、檜恵岳四合目にある県立保養所に向かった。到着後は昼食を挟んで、保養所から車で三十分の立蔵村《たつくらむら》に調査に赴くことになっている。

事前のレクチャーで、蓮たちは檜恵岳の地質や地形のほか、この立蔵村についても学んできていた。

立蔵村は標高千メートルを超えた高所にある。与野川《よのがわ》という渓流が走る谷沿いの、全戸数百に満たない小さな村だが、その歴史は古く、戦国時代にまでさかのぼるという。川岸や川底に砂礫《されき》とともに沈む砂金の採取を目的とした人々が谷間のわずかばかりの平地に家を建てて住みついたのが始まりだそうだが、村の歴史は土砂災害との闘いでもあったらしい。記録によれば過去数百年のあいだに何度か、村は「蛇抜け」と呼ばれる土石流の被害に遭っている。蛇抜けというのはまだ土石流という言葉がなかった時代に、人々が蛇のように山肌をうねって土砂と木々を押し流して奔《はし》る恐ろしい濁流につけた名だ。

「『立蔵』って村の名前は砂金で儲けて蔵が立つって意味ですか?」

レクチャー中にそう質問したのは蓮と同じ学部生の和田《わだ》だった。その質問に院生や講師の安藤、助手の黒崎は笑ったり肩をすくめたりしたが、教授の岡本は、

「そういう意味もあったかもしれないねえ。けど、『クラ』と付いている地名は急な斜面を表すことが多いから、そそり立つような急斜面を表した地名という解釈のほうがいいだろうね。実際、立蔵村は与野川に面している東側以外、三方を山に囲まれているし」

と、まだまだ不勉強な学部生に対して丁寧に答えた。

現代のように麓まで車で行けるわけもない、険しい山間部で砂金を浚《さら》って人々が暮らしていた村。立蔵村の歴史になぜか心惹《ひ》かれた蓮は、そのレクチャーのあと、独自に村について調べてみた。

砂金が採れたといっても、作物の恵みの期待できる肥沃《ひよく》な土地ではなかった山中の村の暮らしは決して豊かなものではなかったようだった。ただ、地頭や庄屋に管理されない山奥の村には租税や労役といった、当時の庶民に課せられていた義務が免除されていた。立蔵村に住みついた人々はわずかばかりの恩恵と引き換えに、山中での不便で貧しい生活を選んだ人々だったのだ。だが、急流が運ぶわずかばかりの金を探し、森を切り拓《ひら》いた猫の額ほどの土地を耕して日々の生業《なりわい》とする村の人々に、自然はどこまでも容赦なかった。レクチャーでは明治以降に起きた三回の土石流災害について詳しく説明されたが、蓮が調べたところでは江戸時代にも立蔵村は四回ほど、大規模な土砂崩れや崖崩れに見舞われていた。数百年も前のことだから、記録に残っていない小規模な被害も多かっただろう。

人々は、なんとか山の神の怒りを鎮めて、安全を得ようとした——。

「檜恵岳東斜面の与野川流域では人柱《ひとばしら》の風習があり、少なくとも江戸時代中期までは」

その記述を本に見つけた瞬間、蓮は頭を思い切り殴られたような衝撃をおぼえた。

水害を避けたり建造物の無事を祈るために、日本では古来、橋や城を建設する時に人を生き埋めにした。一般に人柱と呼ばれるのがそれだ。

本には「与野川流域」とあるだけで具体的な地名は記載されていなかったが、実際にこれから訪れようとしている場所にそういう風習があったことがショックだったのか、心臓が大きく脈打ち、訳のわからない恐怖に鳥肌が立った。

（いや……科学が進歩していなかった時代の風習だし、立蔵村のことじゃないかもしれないし、だいたい、今、村で暮らしている人々とはなんの関係もないわけだし……）

頭ではそうわかっているのに、一度湧《わ》いてしまった怖さはなかなか消えてくれなかった。

そんな予備知識があったせいで蓮の中の立蔵村は暗く陰鬱《いんうつ》なイメージになってしまっていたが、フィールドワーク初日、カーブを曲がり、眼下に見えてきた谷間の村は、どこまでものどかで美しかった。短い昼の陽を浴びて家々の屋根が光り、清流を活かして栽培される山葵《わさび》の緑が目に鮮やかだ。村の向こうには大岩小岩がごろごろする中を白い飛沫《しぶき》を立てて与野川が流れている。

（そうだよな。ここ五十年は大きな災害はなかったんだし、人柱なんて大昔の話だし）

平和でおだやかな村のたたずまいに蓮はほおっと安堵《あんど》の息をついた。

村では役場の人に案内されて、過去の土石流の記録について現地を見てまわった。

「いやいや、遠くからわざわざどうも。この立蔵村は昔から筆まめな人が多くて、村の伝承やらなんやら、いろいろ書き留められてるものが多くてですね、歴史の研究家さんだとか、民俗学の先生だとか、よくいらっしゃるんですよ」

案内役の男性はにこにこと一行を迎えてくれた。

「蛇抜け……今で言う土石流で、一番古い記録は四百年ほど前ですか、一夜にして谷が埋まったとあります。地震だったのか、台風だったのか、記録にはないですが、この前来た歴史の先生は江戸時代が始まるちょっと前に関西で大きな地震があって、その関係でこのあたりでも大きな地震があった可能性があるとかなんとか言ってましたが。……ああ、そうですすそうです。そのせいで与野川の流れも変わって、今、ほら、川がこう、西に向かって膨らんどるでしょう。それまでは村の横をまっすぐに流れてたものが、大量の土砂で谷が埋まってカーブするようになったらしいですわ」

与野川沿いを上流に向かって歩きながら、案内人はあちらこちらと指をさす。

「次の大きいのが三百年前。村の家のほとんどが潰《つぶ》されて、村の人間が半分に減ったとあります。えらいこってすわなあ。現代ならさしずめ、激甚災害指定が出るところですわ。そのちょっとあとにも、疫病がはやった上に、冬から夏までずーっと雪が降り続く天候異常で、村人のほとんどが村を出て行ったり、死んだりした年があったそうです。まあ、そのあとも砂金が採れるというんで、また人が戻ってきて、こうして村はちゃあんと残っとるわけですが」

（冬から夏までずっと雪）

蓮が大好きな山の雪も夏まで降り続いたとすれば大変な災難だっただろう。案内人の言葉に蓮は思わず足を止めたが、土砂災害以外の村の災厄には岡本教授も無関心なのか、「ほおほお」とうなずいて終わっている。

「そしてその次が……」

説明を続ける案内人のあとを、蓮もふたたび歩きだした。

与野川が溢れた時に上流から運ばれてきたという伝承のある、縦横が二メートル以上もある大岩や、度重なる土砂災害にも崩れることのなかった神社なども紹介されたが、蓮が資料で見つけたような陰惨な人身御供《ひとみごくう》の話は案内人の口からは出ず、これも蓮をほっとさせた。

翌日からのフィールドワークでは与野川を上流へとさかのぼるルートで檜恵岳に登った。地形や地質を本格的に調査しながらの登攀《とうはん》だった。

調査三日目、八合目を過ぎたあたりで、森林限界、つまり高木がそれ以上育たなくなる高山帯に入り、それまで森の中だった道が急に開けた。いわゆるガレ場と呼ばれる大小の石がごろごろしている斜面に入る。

その中で一行の目を引いたのは、ガレ場を越えたところにある青い水をたたえた湖だった。

周囲にはハイマツなどの低木も生え、真っ青な空の下、その青を深い水の底に閉じ込めているかのような湖は神秘的な美しさだ。湖畔では多くの登山者たちが脚を休めている。

「先生、あれ、恵沢湖《えざわこ》ですよね」

院生のひとりが指差す。

「ああ、与野川の水源のひとつだな」

その言葉に、美しい湖に見蕩《みと》れていたメンバーたちの顔が引き締まる。過去に立蔵村を襲った土石流がこの恵沢湖が溢れたことによって引き起こされていた可能性は高い。

一行は湖の周囲をぐるりと歩いた。与野川はここではまだ細い、小岩のあいだをちょろちょろと流れる水流でしかない。それがガレ場を横切るあいだに伏流水を抱き込み、さらに別の湖からの流れと一緒になって、針葉樹林を抜けるあいだに白い飛沫を上げて谷間を抉《えぐ》って流れる渓流となる。

蓮が目を留めたのは、その与野川となる細い水流の脇を流れる、別の細い水の筋だった。わずかにガレ場の石を濡《ぬ》らしているだけのその筋は、たどってみると十メートルほどで途切れていた。

別のメンバーはメンバーで、やはり気になるものを見つけたらしい。

「ここ、ほとんど土がないですね。砂礫の下……けっこうすぐに岩盤じゃないですか」

「えー岩盤の下は土だろ？　でなかったら、伏流水とか流れないし」

「サンプルとってサンプル」

それぞれが気づいた点を記録し、サンプルを採取し、写真を撮る。

湖の周囲での調査を終えたあと、一行はガイドの案内で、一般の登山客は立ち入り禁止となっている区域へと足を踏み入れた。山の北斜面にかかるあたりで、山襞《やまひだ》に沿って雪が残り、その下に大小の崖やクレバスがあって、ガイドの指示がなければ危険な区域だ。

「足元に注意してくださいねー。浮石もあるんで、あせらずゆっくりついてきてくださーい」

ガイドの声に、みな一歩一歩、足元を確認しながら進む。やがて、これまでの雪だまりとは規模がまるでちがう広い雪渓へと入っていく。

「ここですか」

「ここです」

と岡本教授の問いにガイドがうなずいたのは、雪渓にぽかりと開いた亀裂の前だった。クレバスは深く広く、氷の壁が垂直に近い角度でそそり立っている。底まで十メートルほどもあるだろうか。

「ここも、十年ほど前まではここまで大きく開いてなかったんですよ。温暖化の影響で氷がどんどん溶けてこんな感じになって。でも、そのおかげで二千年にわたる気候の変化や大きな地形の変化が観察できるようになったわけですが」

ガイドの説明に、院生のひとりが「じゃあ」と首を突き出した。

「このクレバスの底の氷は数百年前のものなんですか」

「そうです、そうです。降りていくと氷の層と岩の層が交互になっていて……檜恵岳の歴史をのぞくことができますよ」

どことなく誇らしげにガイドが答える。

「安藤君、八坂君、どう?」

岡本教授が蓮を振り返った。

蓮は安藤と顔を見合わせた。講師の安藤も登山経験が豊富で、出発前に蓮とともに氷壁登攀の経験と準備について聞かれていたから、ピッケル、ザイル、アイゼンなどの必要な道具はふたりで手分けして持って来ている。クレバスは確かに深いが、比較的傾斜がゆるやかなところに先人が使ったらしいフックもそのままになっていて、下降も登攀もそれほどむずかしくはなさそうだった。

「大丈夫だと思います」

安藤がうなずき、蓮も続いてうなずく。

「じゃあまず、ふたりで。そのあと、降りられそうな人は降りるということで」

まず、蓮が降り、続いて安藤が降りることになった。

フックの強度を確認し、ハーネスをつけて、ゆっくりと氷壁を下る。上から見た時よりも氷の凸凹がしっかりとあって、手足を掛ける場所には困らない。

(ホントだ……氷と岩の層が……そうだ、写真)

ガイドの言葉通り、降りていくと氷壁の下に砂礫が固まったような層と半透明な氷の層が交互に現れてきた。

学術的な調査だから資料は多いほうがいい。蓮は首から下げたカメラを手にした。シャッターを切りながら、さらに下降する。

あと二メートルほどでクレバスの底につくというところで、氷の向こうに砂礫や岩ではない、なにかが見えてきた。目をこらすと、それは幾本もの木の柱のように見えた。さらには動物の毛皮のようなものまで氷漬けになっている。

（あれ、これは樹木……？　昔はこんな高いところまで木があったんだろうか。それにこれ、なんの動物だろう？　毛皮ってことは人が使ってたのかな）

思いがけない発見に、もっとよく見ようと氷に顔を寄せたところでアイゼンをつけた右足が氷の段差からはずれた。ぐらりとバランスが崩れる。

「うわっ」

あわててザイルに摑《つか》まったが、片足が完全に宙に浮き、振り子のようになって蓮は氷壁に肩を打ちつけた。

「いッ……！」

痛みに顔をしかめながらも、足場を確保しようと右の足先で氷壁を探る。なんとか取っ掛かりを見つけ、慎重に体重を乗せた。

右足、左足、さらに左手で氷壁の突起を確保し、ほっと息をついた、その時。蓮は自分の右側に縦に細長い氷の割れ目があるのに気づいた。

(断層? 浸食?)

興味を惹かれて、右側に慎重に重心を移動させた。じりじりとその割れ目に近づき、のぞき込む。

まず、違和感があった。

ごつごつと出っ張りや段差があり、白く半透明だったそれまでの氷壁とちがい、その亀裂の表面は鏡のようにつるりとなめらかで、透明度も高かったのだ。

(なんか人工物みたいな……)

そう思いつつ、その亀裂の奥へと目をやった蓮は、危うく身をのけぞらせてしまうところだった。

(ひと……!)

人がいた。透明で、つるりとした氷の向こうに、まっすぐに立った姿勢で。

着物姿の男性だった。年の頃は二十代半ば過ぎぐらいだろうか。目を閉じ、軽く腹の上で手を組み、眠っているかのようだ。その面差しは怖いほどに整っているが、蓮のような女性的な美しさではなく、凛々《りり》しく男性的だった。真っ白なその着物には一分の乱れもないのに、長い黒髪だけがまるで水中にいるかのように扇形に広がり、その対比が男性をより幻想的に見せている。――美しかった。それはまるで氷の中に造られた静謐《せいひつ》な塑像のようだった。

「…………」

なぜかはわからない。気づいた時、蓮は氷の壁を摑んでいた右手を氷に閉じ込められているその人に向かってそろそろと伸ばしていた。手が勝手に、亀裂の奥へと、その人へと、動いていたのだ。

中指の先が手袋越しに、氷の表面に触れた、次の瞬間だった。

氷の中の男性の目がゆっくりと開いた。

「……っ」

驚きすぎて声の出ない蓮を、氷の中から男はまっすぐに見てくる。目が合った。

信じがたいものを目にして、一瞬、思考も呼吸もすべてが停止する。

次の瞬間、怒濤《どとう》のように押し寄せてきたのは恐怖だった。背中をざっと冷たいものが走り抜け、全身が総毛立つ。

「ひぃややややッ――っ」

なにを叫んだのかわからない。

一歩一歩慎重に降りてきた氷壁を、闇雲な恐怖に襲われて夢中で這《は》い上がった。

「どうした！　ザイルを使え！　落ちるぞ！」

「もっとゆっくり！　足場を確保して！」

上から様子を見守ってくれていた安藤とガイドが交互に叫んでくる。その声にようやく蓮は少しばかり正気を取り戻した。気づけば三メートルほども一気に這い上がっていたらしい。氷壁の中ほどまで来ていた。

「ひ、ひ、人が……人が！　こ、氷の中、氷の中に……！　目を、目を……！」

まっすぐに蓮を見た、黒い瞳を思い出す。

氷の中の死体が目を開くはずがない。ありえないものを見た恐怖に、さらなるパニックに襲われる。

「ひあああ……っ」

また夢中で、少しでも上へと手足を動かそうとすると、

「八坂！　落ち着け！　ホントに落ちるぞ！」

「ゆっくり！　あわてないで！　ザイルを摑んでくださいっ」

上から叱責《しっせき》が飛んできた。

「あ……」

この高さから落ちたら怪我《けが》ではすまないかもしれない。

蓮はようやく、自分がザイルも使わず、三点支持の基本も忘れて垂直に近い氷壁をよじ登っていたリスクに気づいた。

「そう、ゆっくり、ゆっくり。大丈夫だぞ」

声をかけられながら、そこからは慎重に上へと登る。

最後の一メートルは上から引き上げる手に助けられて、蓮はクレバスから這い上がった。手足ががくがくと震えて、その場に四つん這いの姿勢になって動けない。そんな時でも、「大丈夫？」と顔をのぞき込んでくれたのが女性の大学院生だったことにほっとする。

「八坂君、真っ青よ。気分悪い？　大丈夫？」

「……ひ、人が……」

震える声で懸命に伝える。

「人が、いました……こお、氷の、中に……縦に……割れ目があって、その、奥に……着物の、男の人が……それで、目が、目が、合って……」

切れ切れな蓮の報告に、一行がざわめいた。

「今度は自分が見てきます」

講師の安藤がうなずいた。

安藤のあと、教授の岡本、ガイド、そして有志の何人かがクレバスを降り、氷漬けの死体をしっかりと確認した。警察と消防に通報し、さらに近くの山小屋からも応援の人が飛んできた。

クレバスの底から二メートルの亀裂の奥に、透明な氷に包まれ、白い着物で静かに眠るように立っている氷の男を全員が確認した。何人かが別々に写真も撮った。しかし、どの写真もなぜだかボケてしまって、ぼんやりと人影らしきものが見える程度だった。

そして、氷の男の目が開いているところは、誰も確認できなかった。クレバスに降りた全員が男の目は閉じていたと言い、ぼやけた写真でも目が開いているように見えるものは一枚もなかったのだ。

「目を……目を、開いたんです。最初は、閉じてたんだけど……ゆっくり、目を開いて、ぼくを、ぼくを見たんです……！」

蓮は自分が見たものを必死に訴えたが、氷に閉じ込められている死体の目が開くわけはなかった。

「びっくりしすぎたんだよ。あんな氷の中にいきなりあれだけはっきり人がいるのが見えたら、そりゃパニックになるよ。無理ないって」

蓮の主張は驚いたあまりの目の錯覚、あるいは光の加減による見まちがいだろうと片づけられた。

（ちがう。見まちがいなんかじゃない）

氷の中の男は目を開いてまっすぐに蓮を見たのだ。確かに目が合った。その黒い瞳をしっかりとおぼえている。

けれど、それがありえないことなのもわかる。十メートル近いクレバスの底で、氷に閉じ込められて生きている人間がいるわけはない。

（じゃあ……でも……でも、確かに……）

混乱している蓮の周囲は周囲で、やはり混乱していた。

「事件って線は……」

「ないでしょ。あの位置でも二百年は前の氷だって、ガイドさん言ってたし」

「でも、誰かが死体を背負ってクレバスに降りたってことも……」

「いやいや、こんな山の奥まで運べないでしょ、だいたい」

「なんか警察は一応氷を削って鑑識にまわすって」

ヘリコプターでやって来た警察と消防の人間たちがクレバスの周辺であわただしく動きまわり、蓮たちの一行はその騒動を見守りながら、氷漬けの男が事件性のある「遺体」なのか、考古学的な資料である「死骸《しがい》」なのか、議論していた。

結局、科学的な根拠は警察の鑑識の結果待ちとなり、一行は陽のあるうちに下山することになった。

「一番可能性が高いのは人柱だろうな」

蓮たちの議論に岡本教授はそう答えを出した。登ってきた道を下りつつ、岡本教授は警察にも話した見解を繰り返した。

「災害に巻き込まれたにしては着衣に乱れがないし、だいたいあれだけ汚れのない真っ白な着物のままでこんな山の高い場所にいること自体おかしい。氷ごと切り出して、考古学の教室で調べることになるんじゃないのか」

（人柱……）

岡本教授が言うことが正しければ、あの男は生きながらにしてあのクレバスに埋められたのだろうか。

檜恵岳与野川流域に人柱の風習があったことを知った時の、息苦しいような感覚が甦ってくる。

細い山道の端《はし》に寄って蓮は足を止めた。

「八坂君、大丈夫？」

胸を押さえて息を整えていると、すぐ後ろを歩いていた安藤が一歩前にまわり込んで気遣ってくれた。

講師の安藤はいかにもアウトドアが好きそうな、浅黒く日焼けした精悍《せいかん》な顔立ちをしている。まだ三十になったばかりのはずだ。

「あ、はい……大丈夫です……」

蓮は安藤を見下ろしてうなずいて見せる。

「ショックだったんじゃない？　俺たちは八坂君に聞いて心の準備をしてからクレバスに降りたけど、八坂君、いきなりだっただろう？　その、氷の中の死体を見たの」

「……びっくりしました」

「でも大発見だよ。先生が言うように本当に人柱だったら、考古学的にもすごい発見になるんじゃないのかな。ほら、知ってる？　ヒマラヤで見つかったアイスマン。あれで五千年前の食生活や生活水準まで明らかになったんだって。今日の発見もそのうち、日本のアイスマンとか、日本アルプスのアイスマンなんて呼ばれて、八坂君、第一発見者としてインタビューとかされちゃうかもよ？」

安藤が明るい口調でしゃべる。

蓮のショックを少しでもやわらげようとしてくれているのだと察して、蓮は笑顔を作った。

「……クレバスの中でバランス崩して……足がはずれた拍子に、身体が斜めになったんです。それで、偶然、あの亀裂を見つけて……」

「うんうん。そういう偶然で見つかったって話は喜ばれるからねー、いいと思うよ。ノーベル賞の受賞者も必ず言うよね。偶然って。……そういえば、知ってる？　物理のさ……」

さりげなく話題を変えてくれるのがありがたい。

蓮はそれからは足を止めることなく、一行とともにベースキャンプである保養所まで戻った。

「今日はみんな疲れてると思う。あと、たぶん、ちょっと興奮もしてると思う。あんな綺麗《きれい》な状態の人体が見つかったのは、おそらく考古学的にも、民俗学的にも大発見だろう。今夜は少々羽目をはずしたい人もいるかもしれないが、明日からのフィールドワークは予定通りおこなうから、体調管理は個々でしっかりするように」

解散の前に岡本教授からそんな注意があったあと、蓮たちは各自の部屋に戻り、片付け、そして順に入浴と食事をすませることになった。

部屋は四人が一部屋になっている。蓮は安藤のほか、大学院生ふたりと同室だ。

安藤は保養所に着いてからもさりげなく蓮のそばを離れずにいてくれた。が、片付けをしたり、今日の観察結果や資料をまとめたりという作業のあいだ、ずっと付き添ってくれているわけにはいかない。

蓮が靴の中敷きを風に当てておこうと思い立ち、玄関へ行った時だった。山間部の日暮れは早い。玄関の観音開きの扉に埋め込まれたガラス窓の向こうはもう真っ暗になっていた。

その黒さと、氷の中の男の黒い瞳が重なる。怪しいものがその奥に潜んでいるかのような、深い闇色。男の視線は氷の中からまっすぐに蓮を捉えていた――。

(いや、あれは見まちがい、見まちがいだから)

(でももし……本当に、人柱になって死んだ人だとしたら……恨みを残して幽霊になって……)

背中がぞくぞくした。

さっさと中敷きを干して部屋に戻ろうと、蓮は靴箱の置いてある土間へと降りた。その時、閉まっている玄関ドアが外からなにかに押されたかのように、ぎしりと音を立てて軋《きし》んだ。ついで、すーっと冷たい風が蓮に向かって吹いてくる。

「ひっ……」

風に全身を撫《な》でられたようだった。冷気が意思を持って身体にまとわりついてくるような錯覚に、蓮は思わず声を上げた。鳥肌が立つ。

ドアが軋んだのは突風のせい、そして隙間《すきま》風が入ってきただけのことだと考えようとしてみる。しかし、それほどの突風が吹きつけたにしては風の音がなく、しかも、ドア横の小さな窓は揺れもしていなかった。

(怖い……！)

それは本能的な恐怖だった。雪原の上を吹いてきたような冷たい風にまだ身のまわりを包まれているかのような寒さをおぼえて、蓮はぶるりと身を震わせた。

(いやだ……！)

冷気を振り払うように、あわてて踵《きびす》を返した。ひとりでいたくない、とにかく誰かと一緒にいたい。

走るように部屋に戻ると、安藤と院生たちがいつもと変わらぬ様子で着替えや荷物の整理をしている。その室内のあたたかさにようやくほっとして、蓮は深い溜息をついた。

「どうしたの。……なんか、オバケでも見たような顔してるよ？」

安藤が目ざとく蓮の様子に気づいてそう声をかけてくれた。冗談めかした口調で笑っていたが、その目には笑いの気配がない。本気で自分を案じてくれている安藤に、蓮は「あの」と言いよどむ。

「今日の……あの、氷の中の人……」

「ああ、八坂君は一番に見ちゃったもんなあ」

「怖いよな。俺、話聞いて心の準備しててもびびったもん」

ほかの大学院生二名も、口々に蓮の恐怖に同情してくれる。

「あの、あの人、本当に……人柱、だったんでしょうか……」

三人が自分を思いやってくれている空気に、蓮は怖くて確かめられずにいたことをようやく口にしてみた。

「うん……まあ、その可能性は高いと思うよ。白装束《しろしょうぞく》っていうのもなにかの神事《しんじ》絡みだろうし、周囲の氷も透明だったことを考えると、人為的に凍らされた可能性は高いんじゃないかな。氷越しだったけれど、あの着物も上質な絹みたいに見えたし……もしかしたら、かなり身分の高い人間が、人柱というか、人身御供として使われた可能性はあるよね」

安藤の冷静な説明口調はあの男性をすでに資料として見ている研究者のものだった。

「あ……ああ、そう、そうですよね……」

蓮は無意識に、着ていたパーカーの前をかき合わせた。やはり寒気がする。

「……お守り、使う?」

「え？」

意外な言葉に蓮は顔を上げた。

安藤が「ちょっと待って」と隅に置いたリュックの中をまさぐる。

「あったあった。まあ気休めだけど」

差し出されたのは、よく神社で売られている赤と金の糸で織られた「身守り」だった。

「うち、母親が心配性でね、旅行や受験っていうと必ず氏神《うじがみ》様にお参りしてお守りを買ってくるんだ」

「え……でも、これは、安藤さんの……」

遠慮して手を出せずにいると、安藤は軽く笑った。蓮の手を引き寄せ、その手にお守りを乗せてくれる。

「俺は平気だから。見えないものから守ってもらうには、やっぱり見えないもののほうが効きそうじゃない？　それに、ごめん、使ってって言っておきながらなんなんだけど、俺、あんまり信じてないんだ。お守りとか神頼みとかそういうの」

蓮は手の中のお守りに目を落とした。

風の音もしないのに軋んだドア、身体を撫でるように吹いた風、そして……氷の中から蓮を見た白装束の男。小さな「お守り」はそれでも、そういった不可思議なものを遠ざけてくれそうな気がする。

「……ありがとうございます。お借りします」

蓮は安藤に礼を言って頭を下げた。


同室の院生や安藤ばかりではなく、皆が氷漬けの男の第一発見者になってしまった蓮を気遣ってくれた。食事も入浴もみんなと一緒、部屋も四人部屋なのが今夜はとてもありがたい。安藤が貸してくれたお守りへの安心感もあってか、それからは妙な風の気配を感じることもなく、蓮はベッドに横になった。

だが、ほかの三人が寝息を立て始めても、蓮はなかなか寝つけなかった。あの男はどうして氷の中にいたのか、目は開いたのか開かなかったのか、考えても仕方のないことだとわかっていても、気になってしまう。

何度目かの寝返りを打った時だった。すーっと背中に冷たい風が通った。

(また……!)

まるで意思を持っているかのように身体を取り巻いた冷気を思い出し、いやいや、掛け布団が浮いていただけだと自分に言い聞かせる。

身を守るようにしっかりと布団にくるまり直した蓮は、なにかがふわりと身体の上に乗った気配に、ぎょっとして目を見開いた。布団の上に大きな白い影があるのが視界の隅に入る。

(なにこれ、なに！)

怖い。目の錯覚か、気のせいか。

(ちがう！　気のせいじゃない！)

視界の隅ではっきりとは見えないが、霧や煙にしては密度が濃いような気がする。しかもそれは徐々に重くなってきているようだった。布団の上からの圧迫感が強くなってくる。

見るのも怖い。しかし確かめないのももっと怖くて、蓮は恐る恐るそちらに目を向けた。

もやもやしていた白い影は蓮が見る間に人の形になった。重さがずんと増す。

「…………ッ」

叫びたいのに、怖すぎて声を上げることもできない。白い着物、長い黒髪、怜悧《れいり》な面差し。それは昼間、氷の中に見た男にちがいなかった。

(幽霊！　幽霊だ！)

怪異現象を目《ま》の当たりにして、身動きもできず、声も出せない蓮に、男は白い顔を近づけてきた。室内には常夜灯の仄暗《ほのぐら》い灯《あか》りしかないはずなのに、男の姿だけはくっきりと見える。

「──待っていたぞ」

低いが通りのよい声で男はそう言った。

「……っ、な、なななな……」

安藤に貸してもらったお守りは枕の下に入れてある。蓮はがくがくと震えながら、枕の下に手を突っ込んだ。お守りを引っ摑み、これしか頼るものはないとばかりに顔の前にかざした。

「ななな、なむあみだぶつ、なむあみだぶつ、成仏してください！　なむあ……ひあッ！」

小さな布袋を握り締める手を上から冷たい手で握られて、必死にお経を唱えていた声が裏返る。

「なんのつもりだ。まさか俺を追い払おうと言うのか？」

くっきりと男らしい眉《まゆ》が不機嫌そうに歪《ゆが》む。

「しかも、ほかの男にもらったものなど……」

お守りを蓮の手の中からむしり取ると、男はベッドの下へと放り捨てた。

「やっ……！」

もうほかにすがれるものはない。捨てられたお守りのほうへとっさに手を伸ばすと、氷のように冷たい手にその手首を握られた。もう片方の手も摑まれて、上へと引き上げられる。枕から頭が浮いた。

「ひあッ！」

幽霊に布団から引き起こされ、心臓が止まりそうなほど驚いた。

「もしや……なにもおぼえておらぬのか？」

引き起こした蓮の顔に近々と顔を寄せて男がささやく。黒い瞳がまっすぐに見つめてくる。

「い、いやあああ——ッ！」

あまりの恐怖に、喉《のど》が裂けるような悲鳴が上がった。

「ん……八坂君？　どうした、なにか……」

隣のベッドで寝ていた安藤が目を覚ましたらしい。上体を起こした安藤に向けて、蓮は必死に叫ぶ。

「助け、助けて、安藤さんッ！　助けてッ！」

「お、おまえは誰だっ！　八坂君になにを……！」

男の姿を見た安藤がベッドを飛び出してくるのと同時に、男に両手首を掴み上げられ、蓮の背はふわりとベッドから持ち上がった。

「うわっ……！」

天井が急に近くなる。

「八坂君！」

安藤の声が下から聞こえた。蓮は男の腕に抱き締められて、宙に浮いていたのだ。

「あああぁ、安藤さん、安藤さん！　助け……！」

驚きと恐怖とでうろたえて、蓮は眼下の安藤へと手を伸ばした。安藤も手を伸ばしてくる。

「チッ」

かすかに、蓮と安藤の指が触れ合ったか触れ合わないかのタイミングで、鋭い舌打ちが聞こえた。視界が反転する。

「わああっ！」

足場のないところでの姿勢の急激な変化に、上も下もわからなくなる。と、次の瞬間、パアンとガラスの割れる大きな音が響いた。ごおっという風音が続き、視界が真っ白になる。

「八坂君！　八坂君っ！」

必死な安藤の声が急激に遠くなっていく。

なにが起こっているのか、もう蓮にはなにもわからなかった。

ただ、冷たく白いなにかに包まれて、耳元でごうごうと風が唸《うな》っていた。

〈2〉


とても怖い夢を見た。

氷の中に閉じ込められていた男が部屋に現れ、自分を連れ去ろうとした——。

「だから、おまえは強引すぎるんじゃ！　可哀相《かわいそう》に、気を失っておるではないか！」

「これは気を失っているんじゃない。寝ているんだ」

「高いところは空気が薄い。おまえが急ぎすぎたせいで、息が苦しくなってしもうたんじゃろ。人の身体は弱いんじゃ。あまり無茶は……」

「自分の嫁を自分の住処《すみか》に連れてきて、なにが悪い」

「どこがおまえの住処じゃ、ここはわしの……」

高くしゃがれた性別のわからない声と、低いが響きのよい男の声が言い合っている。——まだ自分は夢の続きを見ているのか。

でも、まだ起きたくない。保養所の布団はとてもふかふかであたたかだ。……ああ、でも、カーテンが開いているのか。やけに明るい。これでは寝ていられない……。

（今、何時だろう）

みんなはもう起きたのだろうか。

蓮《れん》はゆっくりと目を開いた。

木の桟の走る天井がまず目に入った。あれ、保養所はこんな和室だったっけと違和感が最初にあった。

(あれ?)

顔を少し右に向けると色鮮やかに山野の描かれた襖《ふすま》が目に入り、左に向けると障子が目に入る。

(保養所じゃない!)

見慣れない部屋の様子に意識が急激にはっきりした。

「こ、ここは……!」

蓮はあわてて上体を起こした。周囲を見まわす。

「おお! 目がさめたか!」

高いしゃがれ声とともに、ぬっと見知らぬ顔が視界いっぱいに入ってきた。妙に目が細く、鼻の尖《とが》った、一見して狐を連想させる老人だ。着物に袴《はかま》という、まるで時代物のドラマから抜け出してきたような装いをしている。

「だ、誰!? ……ここは……」

なにから聞けばいいのか。おまえは誰だ、ここはどこだと、しどろもどろで言いかけた蓮の

前から、

「どけ!」

という言葉とともに、狐顔が引っ込んだ。蓮をさらった、氷の中にいたはずの男が老人の肩を摑んで後ろへと吹っ飛ばし、代わりに蓮の顔をのぞき込んでくる。

「タエ」

聞き慣れない名前で呼びかけられる。

その男の背後から、

「白耀《はくよう》! わしを吹っ飛ばすとは何事じゃ!」

狐面の老人が怒鳴るが、男は振り向きもせず、熱い視線で蓮を見つめる。

氷の中ではゆるやかな扇形を描いて広がっていた長い黒髪は今は艶やかに男の肩から背に流れ、ただ白いとしか見えなかった着物は細かな紋様が織り込まれ、美しい光沢を放っている。

透けるように白く、肌理《きめ》の細かいなめらかな肌、秀でた額と鼻筋の通った高い鼻、夜空の深みのごとくに漆黒の瞳、ほんのりとそこだけが薄赤い形のよい唇。どこをとっても、男の造形は完璧だった。しかし逆に、その男の凜々しい美しさは生身の人間のものとは思われず、蓮は恐怖をおぼえて身を固くした。

「タエ……うれしいぞ! おまえにこうしてまた会えて……!」

感極まったように男は言い、蓮の頰《ほお》に無遠慮に手を伸ばしてくる。

「うわわわ……！」

ひんやりした指先が頬に触れ、その冷たさにぞっとした。

蓮は男の手を振り払い、布団から飛び出した。すぐに壁に背中がぶつかったが、壁に背を押しつけて必死に男と距離をとる。

見慣れない和室、見知らぬ男。着ている紺のスエットだけが唯一、見おぼえのあるものだった。自分が今どこにいるのか、どうして氷の中で凍っていた男がこうして目の前にいるのか、見当もつかない。

非現実的な、訳のわからない状況に、これはドッキリだろうか、それともまだ夢の中なのかと混乱する。もしかしたら、自分は幽霊に憑《と》り殺されようとしているのだろうか。

「タエ、どうした。俺だ、白耀だ」

聞きおぼえのない名を名乗られて、蓮は「知らない、知らない」と首を振った。

「タ、タ、タエじゃない……ぼくはタエじゃない！　ぼ、ぼくは、八坂《やさか》、八坂蓮です……！」

怯《おび》えながらも人ちがいだと訴える。

「……そうか。今世《こんせ》の名は蓮というのか」

（今世？）

「名などなんでもかまわん。おまえはちゃんと約束を守ってくれた。うれしいぞ」

「や、約束？　約束ってなんのことですか！　ここはどこなんですか……ひっ」

男の言うことも、この状況も、なにひとつ理解できない。なのに男は膝でにじり寄ってくると、蓮の腕を摑んで強い力で抱き寄せようとしてきた。

氷のように冷たい手と、男の身体が間近に迫ってきたことの両方に、ざあっと全身に鳥肌が立つ。——怖い。

「ひぃあっ……や、やだ！　いやだ！　放して、放せっ」

摑まれた腕を振り払い、男から少しでも離れようと蓮はさらにぎゅっと壁に背を押しつけた。

「やだ……いやだ……さわんな……さわんな……」

「タエ、どうした。俺だ。白耀だ。わからんのか」

手足を縮めてがたがたと震えだした蓮に、男は眉をひそめる。

「ぼくはタエじゃない……八坂蓮だ！　ひ、人ちがいです！」

「人ちがいなわけが……」

「白耀」

言い合うふたりの上からにゅっと狐顔の老人が顔を出した。

「人間はわしらとちがう。生まれ変わったら魂の記憶は残らんのじゃ。可哀相に、すっかり怯えておるわ」

白耀の眉間《みけん》の皺《しわ》が険しくなった。疑うように、咎《とが》めるように、白耀は目を細めて、身体を縮める蓮を見つめてくる。

「……本当に、なにもおぼえていないのか。俺が誰か、わからんのか」

蓮は懸命に首を横に振った。

「し、知らない……ひ、人ちがいです……ぼくはタエじゃない……お願いです、ぼくを、もといた場所に、帰してください……」

蓮が震える声でそう言うと、白耀の眉がぴくりと上がった。

「……もといた場所……？　おまえは俺の嫁だ！　この白耀のもと以外に、おまえがいる場所がどこにある！」

大声で怒鳴られる。迸《ほとばし》る怒気に蓮はさらに手足を縮めた。身体の接触ほどではないが、男性の怒鳴り声はやはり苦手だ。

「そう怒鳴らずとも……。それでは怯えさせるばかりじゃ」

狐顔の老人がさりげなく白耀と蓮のあいだに割って入ってくれたが、白耀は老人を押しのけるように蓮に向かって膝を進めてきた。

「タエ！　本当になにもおぼえていないのか。おまえは俺の嫁ではないか！」

人ちがいだと、どうしたらわかってもらえるのか。蓮はふるふると首を振った。

「ぼ、ぼくは……男なんです……あ、あなたの、嫁なんかじゃない……」

なにもわからなかった。なにがどうして、こんなことになっているのか、男たちが何者なのか。しかし、どうやら男たちが人間ではないらしいことだけは恐怖に飲み込まれている蓮にもわかる。

「ホントに、あの、ぼくは男で、タエとかいう女の人なんか知らないんです……！」

人外の者の目には人間の性別が判別しにくいのかもしれないと必死に訴えたが、

「なにを言っている」

白耀の目は険しくなるばかりだ。ぐっとその腕が伸びてきて、二の腕を摑まれる。

「……かまわん。忘れたなら、思い出させるまで」

「え！」

すごい力だった。抗《あらが》う間もなく引き寄せられ、布団の上に勢いよく押し倒された。

「ひゃあああっ」

両腕を白耀に押さえつけられ、腰から下も白耀に伸《の》し掛かられて、蓮は悲鳴を上げた。怖い。怖すぎる。

「いやだッやだッ！　放して、放せっ！　いやだあああ！」

闇雲な恐怖に襲われて、必死にもがく。だが、男に押さえつけられた腕はびくともせず、蓮の腰をまたいだ男の身体も揺らがない。

「暴れるな。おまえは俺の嫁だった。忘れたと言うなら、思い出させてやろう」

「っ」

嫁じゃない、人ちがいだ、ぼくは男だ……そんな蓮の言い訳を一言も聞いてくれる気のない男の顔を、蓮は恐怖に凍りついて見つめ返した。どう言えばこの男に通じるのか。「思い出させる」とは、この男はなにをするつもりなのか。

　全身の毛が逆立ち、冷たい汗が噴き出してくる。

「こらこら、白耀。あせるでない。なにをするつもりじゃ。久しぶりの再会じゃ、気持ちがはやるのはわかるが、無体はいかんぞ」

　狐顔の老人が再度、にゅっと顔を突き出してきた。

「たすけ、助けてくださいっ！　お願いです！　助けて！」

　もうほかにすがるものはない。蓮は老人に向かって叫んだ。――だが。

「うるさい。あんたは引っ込んでろ」

　言うなり、白耀は老人に向かって「フー」と唇をすぼめて息を吹きかけた。その細い息が濃く白い粒子の帯になって顔にかかると、老人は「うぎゃ！」と叫んで部屋の隅へと飛びのいた。

「ええい、わしに向かってなにをする」

「俺の邪魔をするからだ」

　老人が怒って白耀を止めてくれないかという蓮の淡《あわ》い望みは、「仕方ないの」という老人の溜息にあっさりと潰《つい》える。

「あまりに無体なことをして嫌われても、わしは知らんぞ」

「あ、あの、待ってください！」

首をひねって、蓮は最後の頼みの綱である狐顔の老人に呼びかけたが、老人は言うだけ言うと、ポンと音を立てて煙とともに消えてしまった。

蓮は自分を押し倒した男とふたり、部屋に残される。

「あ……」

どうしよう、どうすればいいのか。

「タエ……俺はずっと待っていたんだ……！」

白耀はいっそ苦しげにそうささやき、蓮を上から思い切り抱き締めてきた。――その手と同じように温度のない冷たい身体が密着し、蓮は「いやあああッ」と悲鳴を上げた。

ホモとかゲイという言葉を知った時から、「自分には無理だ」と蓮は思っていた。

手をつなぐ程度なら大丈夫だし、体育の授業などで、今からこういうことをするのだと理解した上でなら身体が密着しても平気でいられたが、男性とのキスやハグなど想像しただけで無理だった。自分が男性の欲望の対象にされると思うだけできゅっと身体がすくんで、鼓動が速くなる。

かといって、女性ならば触れたいかと言えば、それもちがった。性に淡白なのかもしれなかったが、男性に過度の密着をされるのも怖いが、女性に積極的に触れたいという気持ちも蓮にはなかったのだ。

だから蓮は二十一のこの年まで、キスの経験もないままできた。

いつか本当に好きな相手ができて、はにかみながらも求め合って、その相手とひとつになることができたら……どんなに幸せだろうと想像したことはあっても、そういう相手が欲しいと切実に願ったことはなかったせいだ。

なのに今――初めて会ったばかりの男は、いやがる蓮を抱きすくめ、頬をすり寄せ、その上、唇まで重ねようとしてきた。

「い、いやだッ……いやっ！　放せ‼　放してえっ」

なんとか男から逃れようと、蓮はその胸に手をつき、顔を背ける。が、それが気に入らぬとばかりに、白耀の腕はさらに力を増して蓮を拘束し、手で顎《あご》を摑んできた。押しつけるように唇が重ねられる。

「ん――ッ、ん、んぐっ」

唇を強く吸い上げられ、舌を入れられる。冷たい舌に驚く間もなく、ぬめぬめと口中を舐《な》めまわされて、蓮は喘《あえ》いだ。その喘ぎさえ、白耀の口に吸い取られていく。

そうして蓮の口唇を貪りながら、白耀の手はいつの間にか蓮のスエットの裾をたくし上げ、じかに蓮の腹や胸を這いまわっていた。最初は氷のように冷たかった手は、蓮の肌の温度を吸ったのか、それとも行為に興奮しているのか、ひやりとしてはいるものの、冷たさは薄れている。が、手の温度などどうでもよかった。

(いやだ、いやだ、いやだ、いやだ……怖い!)

狂おしく肌をまさぐる手も、飽くことを知らぬような執拗《しつよう》なキスも、蓮には怖いだけだった。いったい白耀がなにを思い出せと言っているのか、蓮にはなにもわからない。わからないままに、ただ、組み敷かれ、身体の自由を奪われて、全身をまさぐられる。

ふざけた友人に抱きつかれた時よりも、満員電車で周囲を男性に取り巻かれた時よりも、深刻で大きな恐怖が胸の底から突き上げてきた。

自分がどれほど暴れてもびくともしない強い腕、伸し掛かってくる重み、蓮の意思を無視して続けられるキス——。

(怖い!)

「いやだあああっ!」

思い切り叫んで、蓮は全身で男に抵抗した。しゃにむに腕を振り回す。

がつっと音がして、白耀が「う」と声を上げた。振り上げようとした腕が白耀の顎にヒットしたらしい。

「この……なぜわからぬ! 俺だ! 白耀だ! 思い出せ!」

「いやだ! いやだ! 放せ、放せえっ!」

なんとか自由になった右腕で、蓮は「思い出せ」と迫ってくる白耀を殴りつけた。が、喧嘩《けんか》などしたこともない蓮の拳《こぶし》は、数発、男の顔や頭に当たったあと、かんたんに白耀の手に捕えられてしまった。

「ええい、俺がわからんか……ここまで暴れられては仕方ない」

その言葉に、あきらめてくれるのかとほっとしかけたのも束の間、両の手首を取られて、万歳の形に布団の上に押さえつけられた。そしてそのまま、白耀の手が離れても、蓮の手は布団の上から動かせなかった。――まるで、氷漬けにされたかのように。

「え⁉」

あわてて頭上に目をやると、それは錯覚でもなんでもなかった。右の手首にも左の手首にも、丸い手錠のような氷の輪がはまって、布団に縫いつけられていたのだ。

「え、なにこれ、なに……うわっ！」

突然の氷の拘束に驚いているあいだに、白耀にスエットのズボンを下着ごと抜き取られていた。

「な、なにしてっ！」

無防備に空気にさらされた下半身があまりに不安で、蓮は白耀の視線から逃れようと身体をひねる。だが、それさえ白耀には面白くなかったようだ。

「おとなしくしろと言うのに」

足首を取られ、軽く膝を曲げたまま、大きく左右に広げられた。そして足裏が布団に押さえつけられた一瞬後、足はやはり、手と同じように布団に氷漬けにされていた。

「な、なん……なん……」

剝《む》き出しにされた下半身と、胸までスエットがまくり上げられた上半身。半裸で両手足を固定され、絶望的な気持ちの蓮を、白耀は舐めるような眼差《まなざ》しで見下ろしてくる。

「タエ……今、俺のことを思い出させてやる」

男は蓮を見下ろしたまま、己の帯をしゅっとほどいた。着ていた着物を脱ぎ捨てる。

その容貌と同じく、非の打ちどころのない、美しい裸身が現れた。広い肩幅、意外に厚みのある胸、引き締まった腹部、すらりと長く伸びた両脚、すべてが、やはり人間離れした妖《あや》しい美しさをたたえている。だが、その下腹部の、髪と同じ漆黒の茂みと、そそり立つ男の欲望は生々しい。

「な、なにを、する気なんですか……なにを……いやだ、いやです、お願い……ぼくを帰して……帰してっ！」

これまでの闇雲な恐怖とはちがう、身体の自由を奪われ、男の性器を目にし、今でははっきりと男がなにをしようとしているのか、自分がなにをされようとしているのか、理解できた上での切実で現実的な恐怖と危機感だった。血の気が引く。

「お願いです……お願い……いやだ、やめて、やめてください！」

「タエ……なにも怖がることはない。俺とおまえは夫婦《めおと》だったのだ。おまえは俺の嫁ではないか」

　覆いかぶさってくる男になす術《すべ》もない。

「やめて、ぼくはタエじゃない！　やめてっ！　やめろおおお！」

　手足を固定され、もう叫びを上げるしか手のない蓮に、白耀は愛《いと》おしげに頬に頬をこすりつけ、身を重ねてくる。

「いや、いやだあ！　放せ！　帰して！　帰してえっ！」

「タエ、タエ」

　蓮の必死な声など白耀の耳には入っていないかのようだった。熱心な指で全身をまさぐられ、唇をあちらこちらに落とされる。

　このまま男のいいようにされてしまうことへの絶望と嫌悪が胸いっぱいに膨れ上がった。このままでは「また」、欲望のままに犯されてしまう……。

（え？）

　奇妙な感覚が胸に走った。

　こんなふうに男に襲われた経験など、今まで一度もないはずなのに……。

（前にも、こんなことがあった……？）

　自分の無力さを思い知らされ、圧倒的な力に蹂躙《じゅうりん》される口惜《くや》しさも、その怖さも、自分が知っているような気がしてならない。

（そんなはずない。え、だけど……）

既視感のようなその感覚にとまどう。その時、白耀の指が性器の後ろにまわり込んできた。

「ひあっ！」

全身への愛撫《あいぶ》とはまるで種類のちがう感覚に、蓮は思わずのけぞった。

これまで他人の手に触れられたことなどない秘所を白耀がまさぐってくる。男がなにを望んでいるのか、これからなにをしようとしているのかを悟って、血の気が引く。

「い、いや！　いやだ！　それ、それだけは……お願い、ごめんなさい……ごめんなさいッ！やめて、お願いです……っ」

少しでも男から遠ざかろうと蓮は必死に身体をよじらせた。が、腰骨の上をがっしりと掴み、白耀は張りのよい太腿《ふともも》を蓮の腰の下に押し込んでくる。大きく開かされた秘所に男の昂《たか》ぶりが押し当てられ、切羽詰まった恐怖に全身がざっと総毛立った。

もう逃げられない。男はやめてくれない。

（いやだいやだいやだいやだいやだ）

大きく見開いた目に、自分を犯そうとする男の姿だけが映り込む。

——覆いかぶさってくる大きな影。動かせない手足。局所に押しつけられた欲望と、そのあとに延々と続く蹂躙……。

「いいいいやああああああ——ッ」

髪が逆立ち、全身が強張《こわば》る。怖くて怖くてたまらない。

「タエ？　タエ！　……蓮！」

男が呼ぶ声も、もう蓮の耳には入らなかった。膨らみ上がった恐怖に、ついに蓮自身が飲み込まれる。

「──ッ、──ッ、──ッ」

なにを叫んだのか、なにを口走ったのか、どう暴れたのか、なにもおぼえていない。ただ自分でも制御できない恐ろしいなにかに追われて、蓮は意識を手放したのだった。

遠くから何度も名を呼ばれた気がした。

「──蓮《れん》、蓮」

ぴたぴたと軽く頬《ほお》を叩《たた》かれて、その痛みから顔をそむけようとした時、不意に意識がはっきりした。

ぱっちりと目を見開くと、乱れた長い黒髪と人間離れした美貌《びぼう》が目に飛び込んできた。

「蓮！」

蓮が気づいたことがうれしいのか、笑顔になりかけたその男が自分になにをしたのか思い出した瞬間、蓮は声にならない叫びをあげ、男から逃げようと布団からまろび出た。手足の自由を奪われ男に伸《の》し掛かられた恐怖と屈辱が一気に甦《よみがえ》る。壁を背にして座り込み、はあはあと荒い息をついた。

「ほうれ見ろ。無体をするなと言うたのに、思い出させるどころか、すっかり怯《おび》えさせてしまっておるではないか」

白耀《はくよう》の後ろから狐《きつね》顔の老人がひょっこりと顔を出す。

とりあえず白耀とふたりきりではないことにわずかばかりはほっとしたが、見れば白耀は白絹の着物を羽織っているが、自分はまだスエットの上だけ、下は白耀に脱がされたままだった。あわてて手を伸ばして、脱がされたズボンを取り、股間を隠した。

「蓮……」

白耀が手を伸ばしてくるが、それだけで「ひ！」と身がすくんだ。

「白耀」

狐顔が叱《しか》るように言い、蓮に向かって伸びた手をぺちりと叩いた。蓮を振り返る。

「怖い目に遭《お》うたの。まずは服を着るがよい」

「…………」

蓮は狐顔の老人を見、そしてむずかしい顔をしている白耀を見た。老人は白耀よりは話が通じそうだが、しょせん、白耀の仲間だ。信じ切ることはできない。

ちらりと横に視線を走らせると、蓮が背にしている壁の左手に障子があった。障子のむこうが明るいということは庭か縁側か、外に通じているのだろう。

「……む、むこう……向いててもらえませんか……」

「お、それはそうじゃな。……これ、白耀」

まだ手足は震えていたが、そんなことは言っていられない。逃げなければ。

立ち上がって下着とスエットのズボンを大急ぎではき、障子をからりと開いた。ふたりが後ろを向いているあいだにと障子の桟を乗り越えようとした蓮は、しかし、障子の外に広がっていた白い霧に足を宙に浮かせて固まった。

まるで部屋が雲の中に浮かんでいるかのように、空も地面も見えなかった。目の前にあるのは一面、ただ白い霧状のものだったのだ。

（なに、これ。ここはいったい……）

「ここはわしの社《やしろ》じゃよ」

一瞬の躊躇《ちゅうちょ》に逃亡のチャンスは消えていた。いつの間にか、狐顔の老人がかたわらに立っていた。小柄で背は蓮の胸までほどしかない。老人はおだやかな所作で蓮が開いた障子を閉めた。

そのふたりの様子に、

「逃げようとしたのか！」

ずかずかと白耀が布団を踏んで近寄ってくる。

「っ」

思わず身体を縮めると、「これこれ」と狐顔の老人が白耀を押しとどめてくれた。

「いきなりそなたに『思い出せ』と訳のわからぬことを言われて襲われかけたのじゃ。逃げだしたくなるのも当たり前じゃろう。まずは一度落ち着いて、話をせんか」

「…………」

白耀は険しい顔で、それでも布団の向こう側に戻って、どすりとその場にあぐらをかいた。

「ここからは逃げられんぞ。じいさんの結界の中だ。誰も入っては来られんし、おまえが出ることもできん」

「結界……？」

漫画やゲームの中で見聞きしたことはあっても、リアルに聞くのは初めての言葉だ。

「そうじゃ、わしの結界じゃ。そなたの目には霧に包まれているように見えよう」

狐顔にまあ座れとうながされ、蓮はなるべく白耀から離れた位置にいやいや腰を下ろした。

「……あなたたちは……」

「まずは自己紹介じゃな。わしは照現《しょうげん》。この檜恵岳《ひのえだけ》の与野川《よのがわ》流域の民に祀《まつ》られておる狐の神、いわゆるお狐様じゃ。そしてここにそなたを連れてきたのが、こやつ、白耀じゃ。雪と氷を自在に操る、氷雪の妖《あやか》し……まあ妖怪じゃな」

「妖怪……」

その言葉の禍々《まがまが》しさにぞっとして斜め前に座る白耀にちらりと視線を向けると、白耀は不満げに鼻を鳴らした。

「それは人が勝手に俺たちにつけた名だ。なにが妖《あや》しい怪物だ。俺たちは水や土、雪や雨や風、木や石が、人の形を取れるほどに成長した末のものというだけだ」

(成り立ちなんかどうでもいい)

心の中だけで言い返して蓮はうつむいた。とにかく、人あらざる者にさらわれて、自分はこんなところに連れてこられてしまったのだ。

「今から三百年ほど昔かの。まだ東京《とうきょう》が江戸《えど》と呼ばれ、徳川《とくがわ》が将軍だった頃じゃ。そなたはタエというおなごでな。この白耀と夫婦《めおと》の契りを結んでそれは仲睦《なかむつ》まじう暮らしておったのじゃ。いわゆるそなたの前世じゃな」

前世。自分に向かって使われるのはやはり初めての言葉だった。「でも」と蓮は顔を上げた。

「それ、まちがいないんですか？　ぼくがタエだったたっていう……だって、ぼくはなにもおぼえてない……」

「おぼえていなくても、おまえはタエだ」

白耀が膝《ひざ》を乗り出してくる。

「タエでなければ俺が目覚めるわけがない。死の間際、おまえは約束してくれたのだ。必ずまた戻ってくると。俺は待って待って待ち続けて……いや、この話はいい。とにかくだ。おまえが約束通り戻ってきてくれたからこそ、俺は長い眠りから覚めたのだ」

蓮は小刻みに首を振った。

「し、知らない……そんな約束なんて知らない……ぼくは、研究室の……大学の研究で檜恵岳に来ただけで……あのクレバスに降りたのも、偶然なんです！　そんな、約束があったからだとかじゃない。ぼくはあなたがそこにいることも知らなかったんだ！　ぼくは、あなたが待ってた人じゃありません」

今度こそきちんと話をわかってもらわなければ。蓮は努めて冷静に、白耀と照現の誤解を解こうと事情を話す。

「だが、おまえはタエだ」

「ちがうって言ってるだろ！」

思わず声を荒らげて言い返してしまう。白耀が「だから！」と腰を浮かしかけるのを見て、身体を固くした。

やめんか、と照現がまた白耀を制して、「しかしの」と蓮にその細い目を向けてくる。

「人は魂の記憶を持って生まれ変わることはできん。だからそなたがなにもおぼえておらんのは無理もない。けれど、そなたの魂はタエと同じじゃ。神であるわしが言うのじゃ。まちがいはない」

蓮は照現と白耀をかわるがわるに見つめた。人ではない彼らが言うなら、そうなのかもしれない。だが、それでも……。

「……でも……でも、ぼくは、タエじゃない。ぼくはぼくです。八坂《やさか》蓮だ。この人がいたところに行ったのも、ホントに偶然なんです。約束を守ろうとしたわけじゃないんです！」

「それは……そなたの意識ではそうじゃろうが、そなたの魂は別かもしれんぞ？　魂が本当に望むことを人はなかなか摑《つか》むことができんのじゃ。己の身の内にあるものだというのに、それが本当はなにを望み、どこに行きたいのかさえ、人は気づけん。そなたの魂は本当に白耀のもとに戻ろうとして……」

「やめてください！」

蓮は照現の言葉をさえぎった。自分が望んで氷の中で眠る白耀を見つけた？　蓮にとっては初対面だというのに、いきなり「思い出せ」と人を裸に剝《む》いて無理矢理に犯そうとした、こんな男に会いたかった？　冗談じゃないと思う。

「ぼくはこの人のことも約束のことも知りません！　そんな……前世とか魂とか……見ることもできない、確かめようもないことで……勝手なこと言わないでください！」

ふう、と白耀が溜息《ためいき》をついた。

「じいさん、小石かなにかないか」

と照現に聞く。「お」と照現が障子を開き、白い霧の中に腕を突っ込んだ。どういう造りになっているのか、蓮が見た時には一面の雲海しかなかったというのに、照現が腕を戻すと、その指先には普通に地面に転がっているような小石が摘まれていた。

「これでよいか」

「おお」

小石が照現の手から白耀の手に渡された。

「これを見ろ」

白耀が掌《てのひら》にその小石を転がして、蓮に見せてくる。

「これが魂。おまえの核のようなものだ」

見る間にその小石の周囲に氷が張り、野球ボールほどになった。透明な氷の中心に小石がある。

「これがタエ」

張ったばかりの氷はすぐに溶けだした。また小石だけが、白耀の濡《ぬ》れた掌に残る。

「……これが、タエの死」

そして白耀は小石をもう片方の手に移した。ふたたび、またたく間に小石が氷に包まれる。

「これがおまえ、蓮だ」

蓮は言葉もなく、その氷の玉と、その中心の小石を見つめた。

「……わかるか？　おまえたち人間にはこの氷しか見えていないが、俺たちのような人外の者には、その核である小石が見える。おまえはまちがいなく、タエだ。この氷が何度溶けて、何度固まろうと、この小石に変わりはない。……俺が愛した女だ」

その理屈は蓮にもとてもよくわかった。よくわかったが、納得するのは嫌だった。

夜中にいきなり白い霧のようなものに伸し掛かられ、訳もわからぬままにさらわれた。気がつけば、現実に存在するのかどうかもわからぬ場所にいて、「思い出させてやる」と会ったこともない男に無理矢理抱かれ、犯されそうになった。――なにが起こっているのか、相手がどういう存在の者たちなのかもわからず、ただひたすらに怖かった。どれほど抵抗してもいともかんたんに捻《ね》じ伏せられて、今も白耀が怖い。

（だけど、だけど……！）

恐怖や怯えを凌駕《りょうが》して、腹の底からふつふつと湧《わ》いてくるのは怒りだった。

力いっぱい握り締めた拳《こぶし》が震える。頭がかあっと熱くなり、呼吸がしづらくなって、肩で大きく息をした。

「――ぼくは、氷じゃない」

一言つぶやくと、もう止まらなかった。

「ぼくは氷じゃない！　人の身体を……人生を、氷なんかにたとえるな！　小石が、小石が変わらなくても、氷が変わったら、それは……それは全然別の物なんだ！　核だなんだって言うけど……そんなことは知らない！　ぼくはぼくだ！　タエじゃない！」

怒鳴った。

照現がほほうと目を丸くした。

「ほ……確かにの。人は生まれ変わる。そなたは確かにタエとはちがう、八坂蓮じゃ」

蓮の怒りを鎮めようとしてか、そう言ってうなずいてくれる。が、白耀は、頑固に首を横に振った。

「ならばそれでもいい。タエであろうと蓮であろうと、名などどうでもいいわ。おまえはおまえだ。俺のもとに戻るという、その約束を守ってくれた」

「守ってない！」

拳を握って叫ぶ。

「ぼくは……たとえ、ぼくがタエだったとしても、約束なんか守ってない！　もしちゃんと約束を守ってたら……どうしてぼくは男なんですか！　おかしいでしょ？　嫁だったのに！　もしぼくがきちんとお嫁さんとして約束を守ろうとしたなら、ぼくは女性に生まれたはずです！　男に生まれたってことは、ぼくはあんたとの約束なんか、守りたくなかったんだ！」

「…………」

白耀が無言で膝を立てる。言葉はなくても伝わってくる怒気に負けまいと、蓮は込み上げてくる恐怖を歯を食いしばって耐え、黒い瞳を睨《にら》み返した。

「まあ、あれじゃ、ここは一度、ふたりとも落ち着くがよい」

照現のとりなしにも、白耀は膝を立てたままだ。

「白耀。そなたは一度、席をはずせ」

「いやだ」

「意地になるでない。……見てみぃ。おまえがあせりすぎたせいで、すっかり怯えて、しかも怒っとる。これ以上こじらせて、せっかく三百年ぶりに会えた嫁に嫌われてもよいのか」

「三百年ぶりに会えたからこそだ。どうあっても、俺のことを思い出してもらわねば」

「思い出す前に嫌われて、思い出したあとも嫌われたままだったらどうする」

「タエが俺を嫌うなどありえん」

「タエならばの。しかし、これは蓮という新しい人間じゃぞ？」

白耀は憤懣《ふんまん》やるかたないといった面持ちで照現を睨んだが、やがて、怒りを鎮めるように深く長く息をついた。

「……わかった。この場はじいさんにまかせよう」

ようやく不承不承といった顔でうなずき、白耀は白い靄《もや》へと姿を変えた。襖《ふすま》の隙間《すきま》を通ってすーっと消えていく。

白耀の姿が消えると、それまでの緊張が一度に解けるようだった。蓮はほうっとその場で脱力した。

「……そなたは確かにタエとはちがうの」

照現がおだやかな笑みを向けてくる。

「タエも芯《しん》の強いおなごではあったが、そなたほど向こうっ気が強くはなかったからの」

「あの……！」

蓮は白耀へと向き直った。

「ここはあなたの社なんですよね？　お願いです、ぼくをみんなのところへ帰してください！」

「うーむ」

蓮の頼みに照現はむずかしい顔になって顎《あご》をさすった。

「……帰してやりたいのは山々じゃが、白耀が怒るでなあ」

「前世とか魂とか、ぼくには訳がわからない！　思い出せとか言われても無理です！」

手足を拘束されて犯されそうになった、理不尽な暴力を思い出し、声が震える。秘所に違和感がないところをみると、恐怖に飲まれてパニックにおちいった蓮に白耀は行為を最後まで続けることだけは断念してくれたらしいが、それがなかったからといって許せるものではない。

「お願いです！　ぼくを逃がしてください！」

まるで話の通じない白耀とちがい、照現ならまだ蓮の言葉を聞いてくれそうだった。

「保養所に帰してくれなくても……あの、ここから出してもらえたら、自分で帰りますから！」

必死に訴える。

「……むー……」

照現は深く眉《まゆ》を寄せ、首をひねった。

「蓮。なにもおぼえておらぬそなたには災難でしかなかろうが……あれはあれで一途《いちず》な男でのう。わしはあれの気持ちもわからんではないのじゃ」

（やっぱり味方にはなってくれないのか）

絶望的な気持ちになった蓮の顔を、「まあ、そなたも一度、気を落ち着けて」と照現はのぞき込んできた。

「……タエが死んだのは三百年も前のことじゃ。それから百年のあいだ、あやつはタエの生まれ変わりを探して探して、『必ず戻る』というタエの言葉だけを頼りに待ち続けたのじゃ」

「そんなこと……」

ぼくには関係ありません、と続けると、照現は苦笑いを浮かべた。

「――待っててくれ、必ず戻るという言葉は、そなたの魂からの言葉だったんじゃよ。だから白耀は待ったのよ」

「…………」

おまえのせいで百年待ったと言われても困る。それを言ったのはタエであって、自分ではない。蓮は黙り込んだ。

「信じて待ち続けて……それでも百年は長くてのう。さすがのあやつも疲れ切って、氷の中で眠りについたのよ。二百年、あやつは氷の中でそなたが来るのを待っておったのじゃ」

「……寝てただけでしょ……」

たまらず小声でつぶやく。照現がぷっと吹き出した。

「まあ、そうだがの。……それにしても三百年ぶりじゃ。うれしさと、早くすべてを思い出してほしいというあせりで、そなたには無体なことをした。……揚げ句、そなたに気を失われての。真っ青になってわしを呼びおったわ。せっかく会えたのに、また失うことになったらどうすればいいと、うろたえての」

勝手なことを言うと思う。不思議な力を使って手足を拘束し、レイプまでしようとして人を気絶させておいて、真っ青になろうと、うろたえようと、知ったことか。

「のう？」

照現が小首をかしげる。

「今しばし……それこそ、そなたには記憶はなくとも、前世では夫婦にまでなったよしみで、今しばし、あれと向き合《お》うてやってはもらえんかの」

うなずくことはできない。

「……ぼくを、保養所に帰してください」

蓮の言葉に照現はほっと溜息をついた。

「帰してやってもいいが、白耀が納得せんうちは、またすぐにさらわれて連れ戻されるのがオチじゃぞ？」

「……………」

相手は人間ではないのだ。どんな戸締りをしようと、風に姿を変えられては防ぎようがない。

「……もう、やだ……」

己の無力さ、人外の者に執着されてしまった絶望感、情けなさや憤《いきどお》りで胸がいっぱいになる。

蓮は溢《あふ》れてきた涙を膝に顔を伏せることで隠した。

「あれも芯から悪い男ではないぞ。……今はなにを言うても、そなたには届かんか。そうじゃ。厠《かわや》と風呂がある。湯浴みでもして、気分を変えたらどうじゃ」

入浴したところで事態はなにも変わらない。蓮は返事もしなかった。


蓮が顔を上げた時、もう照現の姿は部屋のどこにもなかった。

(トイレとお風呂があるって言ってたな)

すん、と鼻をすすって立ち上がる。

襖を開くと、薄暗い狭い廊下を挟んで木戸が二枚、向かい側に並んでいた。開けてみると、左手の木戸がトイレ、右手が風呂場だった。トイレは博物館でしか見たことがないような木製の和式便器で、蓮は念のために便器の奥をのぞき込んでみたが、狭い穴の奥は真っ暗で、外につながっている気配はなかった。続いてのぞいた風呂場には窓があったが、木の桟が打ちつけてあり、しかもその向こうは障子の外に広がっていたのと同じ、白い雲海だった。

廊下の両端は白い漆喰《しっくい》塗りの壁があるだけで出口らしきものは見当たらない。もしかしたらと期待を込めてその壁をこんこんと指の背で叩いてみたが、重くくぐもった音が返ってくるだけで、隠し扉もなさそうだった。

(やっぱり出られないのか)

溜息をつきながら、風呂場に戻る。

こんなところに閉じ込められてゆっくりと入浴を楽しむ気分にはなれなかったが、「名湯百選」にでも出てきそうな立派な檜《ひのき》風呂には満々と湯がたたえられていた。手を入れてみると少し熱めの心地よい温度だ。

(あの男にさわられたままだしな……)

白耀の指や口に愛撫《あいぶ》されたままの肌も気持ちが悪くて、蓮は脱衣場でスエットを脱いだ。

掛け湯だけのつもりでいたが、清らかな適温の湯がたたえられた湯船に、「少しだけ」と自分に言い訳して足を入れた。

「……ふわあ……」

気持ちのいい湯に全身をひたすと、昨夜からの半日あまりの疲れと緊張が溶けていくようだった。思わず声が漏《も》れた。しかし——。

（これ、本当に現実のことなのかな）

これほどリアルな夢はないだろうが、夢ならいいのにと思う。

（嫁とか……ありえないだろ。前世とか、そんな……摑みどころのない話）

蓮も人並み程度には「輪廻転生《りんねてんしょう》」とか「前世」「生まれ変わり」「魂」という言葉は聞き知っている。蓮自身に霊感はなく、魂の存在や前世というものを実感した経験はないが、逆に、「死んだら人はそれで終わり、魂も生まれ変わりもありえない」と否定できる根拠も知らない。うすらぼんやりと、「魂っていうのがあるんだろうなあ。死んだら、また、どこかで生まれ変わるのかもなあ」と感じているだけだった。

そんな認識しか持っていなかったところに、突然、神だの妖怪だのというのが現れて、嫁だったの、戻ってくると約束していただの言われても、にわかには信じられない。

（おまけにいきなりあんな……）

無理矢理抱かれそうになった。あのまま気絶しなかったら、きっと最後までされていた。

（なんとか逃げ出さないと）

うんとひとつうなずいて、蓮は湯から上がった。

脱いであったスエットの上下を身に着け、部屋に戻って、蓮はまた障子を開けてみた。

（結界って言ってたけど、物理的にはどうなんだろう？）

照現は手を出して小石を拾っていた。もしかしたら、雲海はまやかしですぐに地面があるのかと蓮もしゃがんで下へと腕を伸ばしてみたが、ひんやりと冷たい空気があるだけで、小石はもちろん、地面もなにもない。

（どうしよう）

思い切って飛び出してみようか、それとも照現に頼み込むか……迷っているところに、「入るぞ」と襖のむこうから声がした。あわてて障子を閉める。

襖を開いて白耀が入ってきた。土鍋の載った盆を手にしている。

「腹が減らんか。メシを持ってきた」

そう言われたとたん、空腹なのに気がついた。さらわれてからこちら、なにも食べていない。

蓮がいる障子側とは布団を挟んで反対側に白耀は盆を置いた。黒い漆塗《うるしぬ》りのような盆に、赤茶色の丸っこい土鍋が載っている。竹で編んだような鍋敷きの横に茶碗と箸《はし》が用意され、土鍋のむこう側には急須《きゅうす》まであった。

「タエの好物だったものだ。おまえの口にも合うだろう」

白耀が土鍋の蓋《ふた》を持ち上げると、そこから白い湯気がふわりと上がった。芋かなにかが入っているのか、美味《おい》しそうな匂《にお》いが蓮のところまで漂ってくる。グウ、とおなかが鳴った。

だが、

「いりません」

蓮は首を振った。食べ物で懐柔する気だろうが、そうはいかない。

「ゆうべからなにも食べてないだろう。食べろ。毒ではないぞ」

「いらない」

同じ言葉を繰り返すと白耀の眉が不機嫌そうにしかめられる。かまわず、

「あんたが用意してくれたものなんか、食べない。ぼくを保養所に帰して」

きっぱりと言い切った。しかし、

「それはできん」

とあっさり拒否される。

「どうして……！」

「当たり前だろう。おまえとは二世《にせ》を契った夫婦なのだ。事実、おまえはこうして生まれ変わって俺のところに戻ってきてくれた。また離れ離れにならねばならん、理由がない」

「だから！　ぼくはタエじゃない！　氷漬けになってるあんたを見つけたのは偶然なんだってば！　約束なんかぼくは知らない！」

絶望的な気分に襲われながら、蓮は同じ主張を繰り返した。

白耀は深い溜息をついてがしがしと頭を掻《か》く。

「……偶然なわけがないだろう。おまえの魂は俺のところに戻ろうとして……」

「でも、ぼくは男だ。魂だとか前世だとかわかんないけど、もし本当にタエが約束を守るつもりだったなら、ちゃんと女の人に生まれてきてるはずじゃないか！　だから……」

「男だろうと女だろうと、関係ないわ。それこそ犬や猫でも……まあ犬猫とでは夫婦の契りはかわせんが、野の花であろうと、道端の小石であろうと、そこに夕エの魂が宿っているならば、俺はそれを愛《め》でるだけのことだ」

(この人は……)

強く静かな口調だった。この男は本当に、そこにかつての妻の魂が宿っているなら、花でも石でもそばにおいて喜んでいるだろう——。

白耀が立ち上がり、自分へと近づいてきても蓮は動けなかった。

「——蓮」

蓮と向かい合う位置に膝をつき、白耀は愛《いと》しくてたまらぬというように蓮を見つめてくる。

これまでこんなに熱い視線を人から向けられたことはない。蓮はこくりと唾を飲んだ。

「こうして、生身の身体を持って、俺の前にふたたびおまえが現れてくれた……それが俺はうれしい。男女の差など些細《ささい》なことだ」

そっと手が伸びてきて、頬に触れた。

「蓮、思い出してくれ。おまえと俺が夫婦であったことを……」

「あ……」

もう片方の手が伸びてきて、両腕を背にまわされそうになったところで、蓮はびくりと身を引いた。反射的に白耀の胸を押し返す。

白耀のタエへの想いのほどはわかったが、それとこれとは話が別だ。

「で、でも……それでも、ぼくは無理……夫婦とか……そんなの、絶対……」

「……蓮。俺が怖いのか」

ゆるく腕を差し伸べたまま、白耀が顔をのぞき込んでくる。

蓮は小さく何度もうなずいた。

「怖い」

白耀の目がきゅっと痛みをこらえるように細くなった。

「気を失うほどにか」

「……それは……」

問われて、蓮は口ごもる。

『真っ青になってわしを呼びおったわ。せっかく会えたのに、また失うことになったらどうすればいいと、うろたえての』

照現の言葉が耳に甦った。

（この人は……ぼくが怖がったことに傷ついたんだろうか……？）

まさか、夜中に人をいきなりさらい、思い出せと無理矢理関係を持とうとするような男が、本当にそんなことで傷つくのか。

「その……昔から……男の人に急に近づいてこられたり、べったりさわられたりするのが苦手だったんだ。……理由はわからない。無性に怖くて……でも、気絶するほど怖かったのは初めてだった。やっぱりそれは……あんたが無理矢理……あんなことしたせいだと思う」

ふう、と白耀は長い息を吐いた。

「……では、無理矢理でなければ怖くないのか」

「男性にさわられるのが苦手なんだってば」

「ふむ……」

白耀はしばしなにか考えるふうだったが、

「蓮。手を出せ」

と、命じてきた。

なにをする気だと上目づかいで見返すと、「いいから出せ」と強い口調で繰り返された。

片手を出すと「両手だ」と、そんなこともわからんのかと言わんばかりだ。

(なんだよ)

蓮がしぶしぶ出した両手を、白耀は自分の両手で包んだ。ひやりとした感触とともに、蓮より大きな白い手に蓮の手がすっぽりと包まれる。

「どうだ」

「……なにが」

「怖いか」

「手をつなぐぐらいは平気だけど」

「そうか」

ゆっくりした動きで手を撫《な》でられた。

「……蓮」

「なに」

「蓮……」

感極まったように、白耀は握った蓮の手に額を押し当ててきた。びくりとして手を引っ込めようとしたが、

「――頼む。俺を、怖がらないでくれ……」

聞こえてきた声は苦しげでさえあった。

「……なにもしなければ……怖くないよ」

長い黒髪を垂らし、白耀は蓮の手を額に押し当てたまま動かなくなる。

（この人は本当に……タエが好きだったんだ……）

犬猫でも、草花でも、小石でもかまわないと思うほどに。

「……俺は、おまえに怖がられたくない……」

呻《うめ》くような声だった。

（ぼくはタエじゃない。約束なんか知らない。だけど……）

「……だから……なにもしなければ……」

あんた自身のことが怖いわけじゃない、と口の中でもごもごと付け加える。

「……手を握るのはいいのか。では……」

つ、と手がすべってきた。握っていた手から、スエットの袖口《そで》を通って肘《ひじ》まで手が伸びてくる。

「……これはどうだ？」

かがんだ姿勢のまま、顔だけ上げて尋ねられる。目線が自分より低い位置にあるせいか、それとも動きがおだやかなせいか、いつもの恐怖は込み上げてこない。

「大丈夫……」

蓮がうなずくと、白耀の右手だけが肘から手へと戻ってきた。手を握られて、白耀の頬へと押し当てられる。

手と同じく冷たい頬は、けれどとてもなめらかだ。

「……蓮、蓮」

愛しげに名を呼ばれる。

（さっき無理矢理しようとした時はタエタエって言ってたくせに）

自分自身の名を呼ばれることに、背中の下のほうがむずがゆくなる。

「もう、ここまで……」

後ずさろうとすると、左手も肘から離れ、蓮の頬に伸びてきた。互いの頬に手を当てる形になった。

「……これも、平気か?」

「うん……でももう……」

やめてほしいと続けようとした唇を白耀の指が撫でてくる。優しい手つきだった。形をなぞるように縁をたどり、弾力を確かめるように押す。

「……口吸いは、怖いか」

「口吸いって……?」

「ここに俺の唇で触れたら、怖いか」

「……たぶん、少し……」

「では、もし怖くなったら言え。やめてやるから」

おかしいような気がした。怖くなければキスをするというのか。そもそもキスに同意などしていないのに。

「俺は、おまえに触れたい」

(ぼくはさわられたくない)

頭ではそう思うのに、伸び上がるように顔を寄せてくる白耀の黒い瞳に、蓮は魅入られたように動けなかった。

（そんな目で……）

慈しむように、好きでたまらないものを見つめるように、白耀は蓮から視線をそらさない。熱のこもったその瞳に縫い止められる。

白耀の黒い瞳に、呆然《ほうぜん》とその瞳を見返している自分の姿が映っているのが見え……そして、ゆっくりと唇が重なった。

何度も丁寧に唇を吸われ、蓮の唇がしっとりと濡れ、自然にその合わせが開いたところに舌が忍び入ってきた。ぐるりと大きく蓮の口腔《こうこう》を舐《な》めた舌は、下に縮こまったままの蓮の舌を誘《いざな》うようにくすぐる。

（いや、これおかしくない？）

頭の一部は冷静に指摘してくるが、冷たい舌に口唇を愛撫されているあいだに、それが気持ちよく感じられるようになってしまっていた。意識がぼやけて、ほかのことがどうでもよくなる。

（キスって、気持ちいい……かも）

いつの間にか白耀は完全に身を起こし、蓮は肩をその腕に抱かれて、仰向くようにして白耀のキスを受けていた。

その体勢にさすがにはっとして、蓮は白耀の腕の中で身じろぎした。

「……どうした？」

「いや、これ、おかしい……」

「怖いのか？」

「いや、あの……怖くはないけど、でも、怖くないからって、これ、おかしいよ……」

「怖くないならいいだろう」

強気に言い切られ、「でもやっぱりおかしい」という反論はまた唇に封じられる。

蓮が怖がらないことに調子を取り戻したのか、白耀のキスは次第に熱を帯びたものになっていく。

「……ん……っふ……ア！」

きつく、ゆるく、蓮の唇を吸い、舌を戯れさせながら、白耀はスエットの上から胸の尖《とが》りを撫でてきた。

「や、どこさわって……んッ、アン……！」

抗議しようにも、布越しに爪で乳首を引っ掻くように弄《いじ》られて、自分の耳にも恥ずかしい、濡れた声が上がってしまう。

「んなッ……あ、やだ、もう放して……」

白耀の腕から逃れようとしたが、ゆるく、しかししっかりと蓮の肩にまわった腕は離れてくれない。

「怖くなったのか」

「ち、ちがうけど……」

頭で今から触れ合うとわかっていれば、体育の授業でのふたり一組の柔軟運動や補助も恐怖なく受け入れることができた。同じように、今こうして白耀に触れられていてもう、前回のような怖さは湧いてこない。

「怖くなければ我慢しろ。そして早く、俺のことだけでいい。思い出せ」

(勝手なことを!)

かっとくる。

「が、我慢しろとかなにそれ! いやなものはいやだってば! 放せ!」

もがくと、今度は股間に手が伸びてきた。男の急所をやんわりと握られ、「ヒ!」と声が上がる。

「や! どこさわって……いやだって言ってるだろ! いやだって言ったらやめるって言ったじゃないか!」

「いやならやめるとは言ってない。怖くなったらやめると言ったんだ」

「怖い、もうめちゃくちゃ怖い。だから放せ!」

「嘘《うそ》をつけ。平気そう……いや、むしろ気持ちよさそうではないか」

「そんな……あぅ……んッ」

性器をいやらしく揉《も》まれる。嫌だと拒否したいのに、キスで変なところが昂《たか》ぶらされていたせいか、その刺激に蓮のペニスはたちまち硬くなっていく。

「いや、だって……あふん、んんッ……」

拒否の声と色っぽい声が入り混じる。こんな声をこの男に聞かせたくはないのに。

「蓮……」

耳たぶを上から唇で挟まれて、「アア！」と高い声が出てしまった。

「だ、から！　やめろってば！　いやだって……怖い怖い怖い、もう無理ッ」

無理どころか、蓮の肉茎はもうスエットを押し上げるほどに育っている。と、白耀の手がスエットと下着のゴムをくぐってじかに素肌に触れてきた。冷たい手に「ひあッ」と身がすくんだのも一瞬で、火照《ほて》った肌は逆にその冷たさを喜ぶかのようだった。

勃起《ぼっき》したモノに冷たい指が絡み、直接握ってしごかれる。一気に快感のレベルが上がり、蓮は淫らな熱に悶《もだ》えた。

「いや……っ、あ、やだ、アンッ……あ、いや……！　……え！」

欲望をじかに刺激されて喘《あえ》いでいた蓮は、突然白耀が離れていく動きに驚いた。それまで蓮の肩を抱き、斜め横の位置にいた白耀が、蓮の脚のあいだへと動く。

「え、なに……」

ずるりとスエットと下着を引き下ろされ、隠す間もなく、剝き出しになった股間に白耀の顔が伏せられた。

「なに、え、アッ……あうっアッ……！」

猛《たけ》った状態の性器をすっぽりと口に含まれる。

ぬるつく粘膜に敏感な部分を包まれ、初めて知る強烈な刺激に、全身に戦慄《せんりつ》が走った。

「あ、あ、あ、……いや、あ、やだ……あうんッ……んん、んッ……！」

信じられなかった。白耀の艶やかな黒髪が蓮の股間でリズミカルに揺れている。

（そんな、そんなところ……）

「や、やあッ、やめ、やめて、きた、きたない……きたないから！」

なんとか白耀の顔を上げさせようとその頭や肩を押してみたが、指先は震えるばかりで力が入らなかった。

「きたない？　さっき風呂に入っていたろう」

顔を上げてそれだけ言うと、すぐまた白耀は蓮のものを咥《くわ》える。

これまでの全身の肌への愛撫とはちがう、それそのものが性感帯で覆われているようなペニスを口を使って可愛《かわい》がられて、鮮やかで強い快感が何度も下腹部から弾《はじ》けた。

「いやッ、あ、やだ……ああう、アンッあ……いや、あふ……っ、ハ、あ、あふッ……」

こらえたいのに、甘い声が濡れた息とともに口から立て続けにこぼれてしまう。

形のよい唇が肉茎を下から上へと這《は》い、赤い舌が丸い頭部を舐めまわす。見ているだけでも相当な刺激に、蓮はたまらず目を閉じた。

が、そうして視覚を遮断すれば、今度は嫌でも聴覚が敏感になって、白耀が唇や舌を使う淫《みだ》らな湿った音に煽《あお》られることになった。

「いや、いや……」

「おまえはいつもそう言う」

与えられる快感に怯え、身悶えつつも「いや」と口走った蓮は、その白耀の言葉にはっとした。

今まで、男にも女にもこんなふうに愛撫されたこともなければ、こんな快感に喘いだこともない。「いつも」とは誰のことだ。それは自分ではない。

(だから人ちがいなんだ)

自分は白耀の嫁でもなければ、恋人でもない。思い出せと言われても、人ちがいでは思い出しようがないではないか。

「あふッ！　あ、んあ……！」

しかし、蓮の胸をよぎった冷たい風は一瞬で、続けられる口淫《こういん》に、身体は意思とは関係なく、官能の極みへとどんどん追い上げられていく。

(いやだ、やだ……)

なにが嫌なのか。頭に霞《かすみ》がかかり、身体は初めてそこまで追い上げられた境地で震え、思考はちりぢりになって、なにもわからなくなる。

「ああッああッ……あ、もう、ダメ、あ、いやッ……いや、ア――ッ」

そして迎えた快楽の果て、蓮は背を丸めてきつすぎる絶頂を耐えた。きつく拳を握り、足の指さえ丸めて、白耀に性器を咥えられたまま、その先端から絶頂の証《あかし》を噴く。

「……っく、……ぅう……」

食い縛った歯のあいだから、呻きにも似たよがり声が漏れる。

「あ……」

長い射精がようやく終わり、蓮は全身の力を使い果たしたような気持ちでだらりと脱力した。と、その余韻《よいん》に浸る間もなく、股間の奥に触れてくるものがあった。ぎくりと目を見張る。

いつの間にかスエットも下着も抜き去られていて、大きく広げられた脚のあいだに陣取った白耀に臀部《でんぶ》の深みを探られていた。なにを使っているのか、ぬるぬるする。

「や！　な、なにを……どこさわって……！」

「なにも、どこも」

白耀は片手で蓮の膝をさらに外側へと押し開いて、真顔を向けてくる。

「ひとつにつながるには、ここを使うしかないだろう」

指で蓮の脚のあいだにある秘孔をまさぐり続けながらのその言葉に、蓮は白耀がなにをしようとしているのか、正確に理解した。

さすがにざっと鳥肌が立つ。

「そ、そんな……無理、無理だよ！　あッ――！」

ぬめりをまとった指はさほどの抵抗もなく、つぷりと蓮の体内に入ってきた。

「や、なにこれ……やだ、やだ……！」

指一本でも相当な異物感だった。

「これはおまえが出したものだ。悪いものではない」

「なっ……」

射精したばかりの己の精液を潤滑剤に使われていると言われて、蓮は絶句する。片手で白耀の肩を押し、もう片方の手で股間にもぐり込んでいる白耀の手を押さえた。

「や、やめて、もうホント、無理！　無理だから！　怖い、怖いってば！」

ふう、と溜息をついて、白耀は指を抜いてくれた。

「……蓮。ではどうしたら、おまえは怖くない」

「ど、どうって……あんたがこんなことやめてくれたら……」

「しかし、女の身体と男の身体はちがう。準備をしなければ、おまえの身体が傷ついてしまう」

（そういう話じゃない！）

蓮は激しく首を振った。

「お、おかしいよ！　どうして、その、つながることが前提になってるの！」

「言っただろう。おまえと俺は夫婦だった。夫婦ならば契りを交わすのは当然だ」

「だからぼくはタエじゃないって何度も……！」

白耀の手が伸びてきて、蓮の頬を包んだ。

「俺はおまえとつながりたいのだ。……蓮。どうしたら怖くない」

「…………」

真剣な黒い瞳に見つめられ、胸の奥が不思議にざわめく。白耀の本気が痛いほど伝わってくるせいか。

（でも、でも無理！）

股間を白耀から守るように手で押さえ、蓮は膝を閉じて後ずさろうとした。

「どう、どうやったって怖いに決まってる！　そんな、男同士でつながるとか、無理だから！」

くっと白耀が眉を寄せた。

「無理か」

うん、と深くうなずく。

「どうあってもか」

もう一度、深くうなずいた。

「……っ」

白耀の顔が苦しげに歪《ゆが》んだと思った次の瞬間だった。蓮は伸びてきた両腕に抱き寄せられていた。

「ヒッ——」

突然の荒々しい行動に、高い声が上がる。

硬い胸板に抱き締められてドス黒い恐怖が腹の底から突き上げてくる。パニックの予兆に、すっと全身が冷たくなった。

「放せ……っ、いやだッいやッ——！」

なんとか男の腕から逃げようともがくと、

「蓮、蓮」

と、すがるような声で耳元で名を呼ばれた。

「頼む！　俺を、怖がらないでくれ……！」

「あ……」

恐怖で心臓がドクドクいう。

「頼む……俺は、おまえと……また、愛し合いたいだけなのだ……」

タエへの白耀の想いが痛いほど伝わってくる。けれど……。

「無理……無理だよ……も、う、お願いだから、放して……」

切れ切れに訴える。

「ぼくは……タエさんじゃない……！　人ちがいだってば！　だから、もう……」

「おまえがタエでなければ……！」

吠えるような声で叫んだ白耀に、蓮は押し倒されていた。

「おまえがタエでなければ、俺は誰を待っていたと言うんだ！」

髪を乱し、白耀が叫ぶ。その瞳の狂おしい光に蓮は息を飲んだ。

「思い出せッ、タエ！　思い出してくれ！」

悲痛な声。

「でも、あ！　あ、やだっ！」

剝き出しの蓮の太腿《ふともも》に白耀の手がかかる。着物の裾を大きく割った白耀が蓮の身体の中心へと腰を押し込んできて、男の昂ぶりが無防備に広げられた秘所に当たった。

「いやッいやだッ！　いやだってば！」

必死に暴れようとするが、がっしりと白耀に伸し掛かられて抵抗もままならない。

「いやああっ」

「蓮！」

叫びも虚《むな》しく、秘所への圧迫がぐっと増した。

「ひうッ！」

衝撃に背が反る。が、それすらかまわず、白耀はさらに腰を進めてくる。肉が裂ける鋭い痛みに蓮は悲鳴を上げた。

「あうあッ！　あふッ、あ、いや！　痛いっ……いたッ……あ、アアアアッ！」

焼けるような痛さだった。狭い肉の隘路《あいろ》に無理に異物をねじ込まれ、内臓を押し上げられるような苦しさと肉環を破られる痛みに視界が真っ赤になる。

「いやだあ――‼」

『いやあああ！』

その時――蓮の耳は自分の悲鳴とともに、もうひとつの悲鳴を聞いた。

（これ……この感覚……）

男に無理矢理犯される恐怖と苦痛。

（ぼくは知ってる……）

一度目に白耀に強引に抱かれそうになった時に感じた既視感がよりはっきりと感じられた。

これまで、性的にも、そうではない意味でも、暴力でこんなにひどく虐《しいた》げられた経験などないはずなのに、その感覚を、蓮は確かに知っていた。

「もう、やだ……放して、帰して……」

うわ言のように繰り返す自分の声が耳に入り、既視感がますます強まる。

(前にも、ぼくは……)

聞き入れてはもらえない虚しさと恐怖、そして嫌悪を耐えたことがあった気がしてならない。

男に押さえつけられ獣じみた欲望で蹂躙《じゅうりん》される、その苦痛を確かに自分は知っている――。

「帰して……!」

帰りたい。……でも、どこに? 研究室の仲間たちと泊まっていた研修所に?

(ちがう……ちがう。待ってるんだ、あの人が、あの……)

待っていてくれる人がいるはずだった。その人のところに帰りたい……。

せつない想いが胸の奥底から込み上げてきた。帰りたい、その想いは痛切なのに、なのに、待っているその人の顔を思い出せない。摑もうとすると逃げてしまう夢の記憶のようだった。

『いや、いや‼ やめて、もういやあッ‼』

『帰して! 帰して! わたしをあの人のところへ……!』

意に反して、白耀に貫かれている、そのさなか――蓮は自分が本当に女性になったかのような感覚に襲われていた。泣き叫んでいるのは本当に自分なのか。自分が、髪の長い、たおやかな少女になってしまったかのような気がして、待っている「誰か」の元へ、必死に帰ろうとしているかのような気がして、混乱する。

「いやあああああ――ッ」

「蓮、蓮!」

男に犯される苦痛と現実と幻想の混乱に、喉《のど》から悲鳴が迸《ほとばし》る。その絶叫の合間に、叱るように名を呼ぶ声が聞こえた。

「蓮！」

「ひぐッ……」

うっすら開いた目に、長い黒髪の垂れかかった白い美貌が映り込む。かすかに眉をひそめ、荒い息にその唇が開いていても、やはりそれは美しい顔だった。

「蓮、俺か⁉　おまえが怖いのは、本当に俺なのか⁉」

「……あ、いあッ……」

痛みに胸を喘がせて、蓮は問いかけてくる白耀を見上げる。

「怖がるな！　俺だ、白耀だ！　……タエ！」

身体を倒してきた白耀に上から抱き締められた。

「あ……」

黒い髪に視界がさえぎられる。

幾筋もの黒い筋にさえぎられる視界、冷たい胸、冷たい腕、自分を呼ぶ必死な声――。

（ぼくは知ってる……）

その一瞬、蓮はまた強烈な既視感に襲われた。

（ぼくは前にもこうして……）

この男に抱き締められていたことがある……。

(やっぱり無理矢理犯されていた……？　それとも……)

なにか見えそうな気がした。だが、もうその次の瞬間には白耀が激しく腰を打ちつけてきて、見えかけていたものは霧散していく。落ち着いて蓮が自分の中の感覚を追っていられる状況ではなかった。

ずるりと内壁を擦《こす》りながら白耀が出て行く、と思う間もなく、ふたたび勢いをつけて内奥を抉《えぐ》られる。

「も、もうやだッ——やめ……あああッ」

処女地を犯され、何度も何度も男に楔《くさび》を打ち込まれる苦痛に、蓮は喘いで背を反らせた。

〈3〉


はあはあと荒い息が部屋に満ちている。

蓮《れん》の中で欲情を遂げた白耀《はくよう》が、蓮を抱き締めていた腕をゆるめて、身を起こす。身体の中に埋め込まれていたモノがようやく引き抜かれ、蓮は小さく身震いした。

「……蓮、どうだ、なにか思い出せたか」

期待のこもった眼差しにかっとくる。そっと伸ばされてきた手を払いのけた。

「なにも思い出せるわけないだろ！　こんな無理矢理やられて……つッ」

叫んだ拍子に腰に鋭い痛みが走り、眉を寄せる。が、その痛みをこらえて、蓮は白耀から少しでも離れようと必死に身体を起こして後ずさった。スエットの上着の裾を引っ張って股間を隠す。

「蓮……」

「出てけ！」

近づいてこようとする男に向かって叫ぶ。

怖かったらやめると言ったくせに、結局最後は無理矢理想いを遂げた男に怒りが湧く。

「あんたの顔なんか見たくない！　出てけ！」

「蓮、傷が痛むなら……」

「出てけ！　あんたが出て行かないなら……」

臀部の狭間《はざま》から、身体の内奥にかけて走る痛みに顔をしかめながら、蓮は障子ににじり寄った。からりと開く。

「あんたが出て行かないなら、ぼくがここから飛び降りる！」

「………」

本気だぞと白耀を睨んだ。白耀もじっと見返してくる。

「……わかった」

根負けしたように溜息をついたのは白耀のほうだった。

「そこを閉めろ。傷が痛むのだろう……じいさんからクスリをもらってこよう」

誰のせいだと腹が立った。

「二度と来るな！」

最後の蓮の叫びには答えず、乱れた着物を直しながら立ち上がった白耀の姿はすーっと靄になって消えていった。

「……くそう……」

毒づいたその時、じんじんと熱を持ったように痛む秘孔から、どろりと流れ出すものがあった。

「え！」

あわててそこを手で押さえ、枕元に置いてあった懐紙に手を伸ばした。

見れば、それは白耀が蓮の体内に放った白濁だった。傷から出たものだろう、血が混ざっている。

「……！」

自分が白耀に犯されたのだという事実をこんな形でも思い知らされ、蓮は奥歯を嚙《か》み締めた。

（嫁だとかなんとか言って、こんな好き勝手を……！）

怒りと情けなさに鼻の奥がツンとしてくる。

白耀のタエへの想いにほだされて、その口車に乗ってしまった自分にも腹が立つ。

（なにが『怖かったらやめてやる』だ！　結局無理矢理じゃないか！）

「うーっ……！」

嚙み締めた歯のあいだから、嗚咽《おえつ》が漏れる。

泣くのはくやしくて必死に泣き声をこらえると、ぽたぽたと涙が太腿と畳に落ちた。

（なんで、なんで、こんな目に……）

拳を握って目に押し当て、蓮はひとり、泣き続けた。

ようやく涙が止まったあと……男のもので汚れたままの股間も、涙でがびがびになった顔も気持ちが悪くて、蓮は重い身体を引きずるようにして風呂場へ行った。

何度も湯をかぶって身を清める。

それだけでも傷に沁《し》みて、蓮は眉をしかめた。

脱衣場に戻ると、造り付けの棚に置いておいたスエットがなかった。代わりに着ろというのか、白い襦袢《じゅばん》とその横に綺麗《きれい》な斑紋のハマグリがあった。

（こんなの……）

広げてみた襦袢は頼りなげで身につけるのは嫌だったが、裸でいるのはもっと嫌だった。仕方なく、蓮はその白い薄手の着物に袖を通した。一応、下帯も用意されていて、初めて使うものに首をひねりながら、なんとか腰に巻いてみる。

ハマグリを手に取って開いてみると、中には淡い桜色をした軟膏《なんこう》のようなものが詰められていた。

（そういえばクスリを持ってきてやるって言ってた……）

白耀の用意してくれたものなど使いたくない。けれど、男に穿《うが》たれた秘部は湯で清めたあともまだ嫌な熱感を持って疼《うず》いている。

（あんなやつの用意したものは使いたくないけど、でも、これは照現《しょうげん》さんにもらうって言っ

てたし、傷が膿《う》んでも困るし）

と、指にすくって、肉の凶器に穿たれてまだ違和感の残っている恥部へと塗り込めた。

驚くことに、塗ってすぐにじくじくした嫌な痛みも、まだ異物が残っているかのような感覚も綺麗に消えた。

（すごい）

白耀も照現も、やはり人間ではないのだ――。

（どうやったらここから出られるんだろう）

考えるとまた涙が出てきそうで、蓮は首を振った。

（泣いてる場合じゃない。ちゃんと考えて、ちゃんと帰らせてもらうんだ）

気持ちをしっかりと持ち直そうとする。

部屋に戻ると布団の横に置かれたままの盆が目に入った。先ほど白耀が「食べろ」と持ってきたものだ。

さわってみると、土鍋にはまだあたたかさが残っている。

（ご飯かな）

そう思ったとたん、おなかがぐうっと鳴った。

（こんな状況でも、おなかはすくのか……）

蓋を取ってみた。中には茶色い大きな豆のようなものがぽこぽこと混ざった白いご飯があった。美味しそうだが、ここで食べたら負けだ。

蓮は空腹をこらえて、蓋を戻した。

ふと気づくと、白く明るかった障子がオレンジ色に変わっていた。部屋の中も全体に黄色味を帯びて見える。

障子を開くと白かった雲海が夕焼け雲のような、オレンジやピンク、薄青に染まっていて、とても綺麗だった。結界の中でも陽が沈んだり、夜が来たりするらしい。見ているあいだに、オレンジやピンクに変わって青や紫の色合いが増えていく。

（綺麗だな……）

障子の桟にもたれかかり、変わりゆく雲海の色彩に目を遊ばせる。

（これからどうなるんだろう）

（みんな、心配してるだろうな）

白い霧にさらわれて、割れた窓から人が飛んでいくなんてとんでもない怪奇現象だ。安藤《あんどう》の言葉をみんなはちゃんと信用してくれただろうか。

（せめて無事でいるっていうことだけでも、なんとか伝えられないかな）

それも白耀次第なのか。みんなを心配させたくないからという説明を、白耀は理解してくれるだろうか。

（おまえは俺の嫁なんだから、そんなことは気にしなくていいとか言われそうだ）

（なんでこんな目に遭うのかな）

バチが当たるような悪いことはしていなかったはずだ。前世というが、タエの行いが悪かったのだろうか。

（いや、そもそも本当にぼくの前世がタエかどうかわかんないし。わかんないのにこんな目に遭ってるのが理不尽なんだよ）

ついには男に犯されてしまった……。

長く重い溜息が出た。

（やっぱり逃げるしかない）

蓮は暮色濃くなった雲を見やった。一面の雲海は上も下もわからず、どこが地面なのかもわからないが、日暮れがあるのなら外の世界に通じているのではないか。

（このままここにいたら、きっとまたあいつは……）

あんな屈辱も苦痛も一度でたくさんだ。

（結界だなんだって、ぼくが逃げないようにするための嘘かもしれない。この雲も幻覚かもしれないし）

（逃げよう！）

心を決めて、蓮は障子の外へと足を出した。縁《へり》に腰を下ろして、もう薄墨色に見える雲を見下ろす。

（朝になってから……いや、でも、夜になったらまたあいつがやろうとしてくるかも）

それは嫌だ。ぶるりと身体が震えた。

「一、二の、三！」

掛け声で弾みをつけ、蓮は障子の縁から下へと飛び降りた。

（落ちる！）

霧で隠されているだけですぐに地面があるだろうという目論見《もくろみ》ははずれ、ふわりと浮いたような感覚の直後、蓮の身体はまっすぐに落下を始めた。

（死ぬかも！）

無茶なことをしてしまったと後悔したその一瞬後、強い力に摑まれて落下が止まった。さらにはぐぐっと身体が持ち上がっていく。

「え、え、え」

飛び出した窓から室内へと引き戻されて、布団の上にぼすんと落とされる。

白い靄が身体から離れていったと思ったら、それは見る間に人の形をとった。

「なにをしている！」

白耀だった。いつの間にか部屋の四隅の中空にぽっぽっとオレンジ色のあたたかそうな火が灯り、その明かりに仁王立ちで蓮を睨む白耀が浮かび上がる。その背後でぴしゃんと鋭い音を立てて障子が閉まった。

「ここからは出られないと言っただろう!」

「だ……でも……みんなが心配してるかも……」

「おまえは俺の嫁だ!　ほかの人間の心配なんぞ関係ない!」

(やっぱり)

予想した通りのセリフに蓮は唇を嚙んだ。

黙り込んだ蓮をねめつけたあと、白耀はずかずかと土鍋の盆に歩み寄った。蓋を取って中を確かめ、怒った顔で蓮を振り向く。

「食べていないではないか!」

蓮は顔をそむけてその視線を避ける。

「……あんたが用意してくれたものなんか、食べない」

「おまえの好物だ」

「タエさんの好物だ」

茶色い大粒の豆が炊き込まれた白米など、蓮は初めて見るものだ。

「ぼくの服を返して。こんな着物はいやだ」

「おまえは俺の嫁だ。その着物のほうが似合っている」

「ぼくはあんたの嫁じゃない」

また同じ会話だ。ふたりの主張は平行線のまま交わることがない。

（もうやだ）

やり切れない思いが込み上げてくる。

白耀がわざとらしく大きな溜息をついた。

「やはりなにも思い出せんのか。契りをかわせばなんとかと思ったが……」

勝手なことをいう男に腹が立つ。あれらの既視感が本当にタエの記憶だったのかどうかはわからない。わからないが、男に襲われる恐怖も、誰かのもとに帰りたくてたまらなかった想いも、白耀の黒髪に覆われた視界も、確かに自分は知っていた。

「……思い出したことだってあるよ……」

「なに？」

期待を込めて輝く白耀の瞳を、蓮は震える息を吐きながら見返す。

「……ぼくは……前世とか、よくわからないけど、でも……今の八坂《やさか》蓮じゃない、もっと昔に……男の人に……無理矢理、やられたことがある……」

「蓮……」

「——あんただったんじゃないの？」

低く問うと、白耀の眉がぴくりと動いた。

「あんたは嫁だの夫婦だのって言うけど、本当にタエはあんたのことが好きだったのかな。どうやって出会ったのか知らないけど、ぼくをさらったみたいに、タエのこともさらってきたんじゃないの？　それでぼくにしたみたいに無理矢理して……タエはあんたのことなんか好きじゃなかったけど、怖いから仕方なく言うことをきいてたんじゃないの？」

言い募るあいだに、どんどんそれが本当のことのような気がしてくる。そうだ、人間の女性が妖怪の男に本気で恋なんてするだろうか。きっと、自分がされたようにタエも身体の自由を奪われて、この男に好き勝手にされたのだ……。

「……黙れ……」

呻くように言う白耀の拳は固く固く握られて、関節が白く浮いている。

「黙れ！　……おまえは……まだなにも思い出せてはおらん……だから、そんなめちゃくちゃなことを言う……だが、いくらおまえでも……これ以上、俺とタエの思い出を侮辱するようなことは……」

もう黙ったほうがいい。これ以上言ったら、きっとこの男を怒らせる。心臓がどきどきと大きく打った。怖い。とても怖い。けれど、怖さに負けてここで口をつぐむのは嫌だった。

「ぼくは……前も……前も、あんなふうに力ずくで……男に襲われてた……怖くて、いやでたまらなくて、でも、逃げられなくて……帰りたかった……待っててくれる人がいて、ぼくはその人のところに帰りたかった……」

白耀の瞳にぎらりと凶暴な光が走った。頬が歪み、唇の端から白い犬歯がのぞく。

「……やめろ……もうやめろ……！」

怒りに震える声だった。荒々しく光るその眼《まなこ》に見据えられて「言いすぎた」といまさらの後悔が押し寄せるが、蓮は虚勢を張って、その瞳を見返した。

「思い出せてないけどわかるよ。ぼくには待ってくれてる人がいたんだ！　ぼくはその人のことが……」

「黙れというのに」

「あんただって言ってたじゃないか！　タエはいつもいやだいやだばっかりだったって！　それはフリなんかじゃなくて、本当に……」

「もう黙れッ！」

障子が震えるような大声だった。

「黙らない！」

負けないほどの大声で蓮は叫び返した。

「ぼくは……怖かったんだ……！」

もうずっと小さな頃から。いや、その前から。

「無理矢理……襲われて……どれだけ抵抗しても、全然、全然、相手はびくともしないで……」

胸が震えた。熱いものが込み上げてきて目から涙が溢れてきたが、蓮は続けた。怒りではなく、なにかに突き動かされて、涙とともに言葉が溢れ続ける。

「いやだった、怖かった！　ぼくは、帰りたくて……！」

安心できる人のもとへ。自分をしっかりと抱き締めてくれる、広い胸の中へ。

（……え？）

画像がぶれるように、眼前の白耀の姿が二重に重なって見えた。胸がきゅうっと引き絞られるように痛くなった、その時、声もなく、突然白耀が立ち上がった。大きな一歩で近づいてきた白耀に、蓮は逃げる間もなく抱き締められていた。

「ひっ――！」

恐怖に身がすくむ。しまった、言いすぎたと思ったが、もう遅い。

だが、

「――すまなかった……！」

耳に入ってきたのは、絞り出すような、苦しげな声での謝罪だった。

「すまなかった！　俺の……せいだ。おまえに、つらい思いをさせて……」

（やっぱりこいつなんだ！）

目の前にいるのが前世での加害者なのだとぞっとした瞬間、蓮は反射的に白耀の胸を押し返していた。

「さわらないで！　あんたなんかにさわられたくない！」

「蓮……！　聞いてくれ……」

「いやだ！」

蓮は両手で耳を押さえた。

「いまさらあんたの言い訳なんか聞きたくない！」

「……っ」

白耀の両腕ががっと蓮に向かって伸ばされ、しかし、その手は蓮に触れることなく、震えながら戻っていく。白耀が歯を食いしばってうつむいた。

「……くう……っ」

ぶるぶると腕を震わせた白耀の姿がそのまま細かな氷の粒へと変わり、こらえようのない憤りをぶつけるようにその場でぐるぐると渦を巻き……そして、消える。

蓮はぐったりとその場に横たわった。

もうなにも考えたくなかった。


「……ん」

眩《まぶ》しい朝の光に目覚めた。昨日は疲れて倒れ込んでしまったが、きちんと布団の中で目が覚めた。

（もしかしたら白耀が……）

（でも、あんなに怒らせたし……）

その時、ふっと香ばしい匂いが鼻をついた。横を見ると布団の横に置かれた盆の上に、美味しそうな焦げ目のついた鮎《あゆ》の塩焼きとご飯、そして味噌《みそ》汁が用意されていた。椀《わん》に触れてみるとあたたかい。だが、自分がいてはまたよけいな意地を張ると思ったのか、白耀の姿は部屋になかった。

（本人がいてもいなくても関係ないから）

よだれが出そうなのをこらえて、蓮は盆を手にした。美味しそうな食事を見ないように顔をそむけて、盆を襖の際まで運び、部屋の外へと置いた。

腹がぐうぐうと鳴ったが、ここで食べるわけにはいかない。もう意地だった。

蓮は昨日と同じように障子を開いて座り込んだ。考え事をしようにも、空腹すぎて頭がまわらなかった。目の前に広がる雲海がマシュマロか綿あめにしか見えなくなってくる。

風呂場の吐水口から水だけは飲んでいて喉の渇きはそれほどでもないが、丸一日なにも食べていない腹はもう限界だった。

溜息ばかりが出る。

どれほどそうして、食べられない目の前の雲によだれを垂らしたあとだったか。

いつの間にかうとうとしていたらしい蓮の肩をぽんぽんと叩く者があった。

「はひ！」

はっとして顔を上げると、照現がにこにこと立っていた。

「意地を張っておるそうじゃの」

開口一番にそう言われる。

「飲まず食わずだというではないか」

「……食べたら、保養所に帰してもらえない気がして」

「しかし、人間は食わんともたんぞ？　水も飲まずに出すものは出しておっては干からびる。涙も鼻水も水分じゃぞ？」

と、照現は笑う。

「白耀に頼み込まれての。……まったく、わしとて神のはしくれぞ？　はしため扱いするとはあやつもいい根性じゃ」

言葉ほど怒ってはいない表情だった。いつの間にかかたわらにあった盆を指し示される。

「白湯《さゆ》と葛湯《くずゆ》じゃ。あやつの用意したものは食べないと言ったそうじゃが、これはわしが用意したものじゃ。どうじゃ」

さすがに照現にまで意地を張るのはためらわれた。このままでは本当に倒れてしまうという危機感もあって、蓮は「いただきます」と湯飲みに手を伸ばした。

「ゆっくりじゃぞ？」

そう言われたが、一口、喉《のど》を潤したら、もう止まらなかった。

蓮は大振りの湯飲みになみなみとつがれていた白湯を飲み干し、とろりとした葛湯を夢中で食べた。

「……美味しかった……」

こんなに美味しいものを口にしたことはないような気がする。最後の一口を食べ終えて、蓮は名残惜しく、椀を盆に戻した。

「ご馳走様《ちそうさま》です」

と、照現に頭を下げる。

「……さて」

照現が背筋を伸ばす。それだけで空気が変わるのを感じて、蓮も膝を揃《そろ》えて居住まいを正した。

「ここはわしの社での。のぞくつもりはないが、ここでのことはどうしてもわしの耳目に入ってきてしまうのじゃ」

「え」

ぎくりとして蓮は目を見開いた。では……。

「すまんの。丸見えじゃ」

「あ、あの……それは……」

「そなたと白耀のことはふたりの問題。わしは社を貸すだけで、手も口も出さんつもりじゃったが、このままではそなたらふたりはいいだけこじれそうじゃからの。いや、もうこじれたか。ちいとばかし、差し出口をさせてもらうぞ」

「…………」

「そんなに緊張せずともよい。そなたを叱ったりはせん」

照現は笑みを浮かべると、蓮に向かって顔を突き出してきた。

「ただの。タエは白耀といて決して不幸せでもなければ、仕方なしに白耀といたわけでもない。それだけはそなたにも知っておいてもらいたいのじゃ」

「……はい。……でも、じゃあ……」

男に襲われるあの恐ろしいイメージはどこから来たのか。自分は誰のもとに帰りたいと願っていたのか。あれが白耀でなければ、では……。

胸の奥がぎゅうっと引き絞られるように痛くなり、黒々としたものが沁み出してきた。見たくない、思い出したくない――。

「……すべてをそなたに話して聞かせることはたやすい。白耀にも、わしにもの。けれど、それでは意味がない。そなた自身が本当に思い出したいと望まねばな」

「ぼくが思い出したいと望む……」

でも、とやはり蓮は思ってしまう。

「でも、もしぼくが本当にまた白耀と一緒になりたいって思って生まれ変わったなら、どうしてぼくは男なんですか？　ぼくは……約束を守りたくもなかったし、もう白耀と一緒になんかなりたくなかったんじゃないんですか？」

おお、と照現は嘆いて額を押さえた。

「……白耀はいかん。確かにあやつもいかん。激情にかられてそなたに無体をはたらいたあやつを、かばうことはできん。しかしの、蓮」

またぐっと、照現は狐に酷似した顔を近づけてきた。

「そなたのその考えようもあまりにむごい。……よいか？　白耀は本人が言うた通り、そなたが男であろうと女であろうと、それこそ犬猫でもかまうまいよ。けれどそなたには女に生まれとうない理由があった。そうは考えられんかの？」

（女性に生まれたくなかった理由……）

また胸の奥が黒くざわめく。……いやだ。それは見たくない。

「今すぐに、無理に思い出す必要はなかろう。けれど、今少し、白耀を優しい目で見てやってはくれんかの。できればわしはまた、そなたらふたりに連れ添うてもらいたいと思っておるのよ」

そんなのは無理だと思いながら、蓮は「わかりました」とうなずいた。

『タエは白耀といて決して不幸せでもなければ、仕方なしに白耀といたわけでもない』

照現の言葉は重い。

白耀の味方の言葉など信じられないと切って捨てるわけにはいかない響きがその言葉にはある。

（タエは本当に幸せだったのかな……）

蓮を押さえつけ、「思い出させてやる」と強引に抱こうとしてきた一度目も、「これは怖くないか」と確かめながら、結局は無理矢理になった二度目も、その行為の荒々しさや理不尽さを別にすれば、「タエ」「蓮」と呼びかけてくる声や瞳はせつなげだったように思う。

人と妖怪という、本来棲《す》む世界もちがう者同士なのに、タエは白耀と夫婦《めおと》として生きていく覚悟を決めたのか。

では、あの凌辱の記憶は白耀が相手ではないのか。それならば誰に……。

（いやだ！）

それを考えようとすると、胸が黒々としたものに覆われて息苦しくなる。

（でももし照現さんの言う通りなら……ぼくは白耀にひどいことを言ったんじゃ……）

目を光らせ、拳《こぶし》を握り、怒りをこらえていた白耀の表情を思い出す。あの時は単純に自分の言葉に白耀が怒っているのだと思っていたが、もし、自分の前世が本当にタエだったとして、男に襲われた記憶が白耀が相手のものではないとしたら……。

（怒ってた……だけじゃない？　なんか……悲しそう……だった気も……）

（白耀はぼくに怒ってたんじゃなくて、タエを襲った男に怒っていたのかも……）

（でも、じゃあ、白耀はなんでぼくにあやまったんだ？　すまなかった、俺のせいだって言ってなかったっけ？　それともあれは、怖かったらやめるって言ったくせに、最後までやった、その謝罪だったとか？）

そんなことを考えているあいだに、この二日の疲れがたまっていたのか、やはりまた蓮は窓辺にもたれていつしか眠りに落ちてしまっていたらしい。

目覚めたのは鼻腔《びこう》をくすぐる甘い匂《にお》いのせいだった。

（ぜんざい？　お汁粉？）

『食べたいか？』

夢の中で、誰かが木の匙《さじ》に、とろとろになった小豆《あずき》をすくって口元に差し出してくれている。

椀の中にはこんがり焼き目のついたお餅《もち》が小豆と一緒に浮いていて、よだれが出てくる。

（うん、食べたい！）

『ようし、じゃあ口を開いてみろ。熱いからな。気をつけて……』

（あーん……）

と、口を開きかけたところで、蓮は違和感にハッと目を開いた。木の匙を手にしてこちらをのぞき込んでいる白耀と目が合う。

口を閉じ、蓮は逃げるように頭を引いた。

「チ」

白耀が舌打ちする。

「いつまで意地を張るつもりだ。じいさんの葛湯《くずゆ》だけでは腹いっぱいにはならんだろう」

「保養所に、帰して」

「帰さん」

睨《にら》み合う。

ふう、と息を吐いたのは白耀のほうだった。

「すまん」

と小さくつぶやく。

「おまえのかたくなな態度を見ていると、つい……。じいさんにも叱《しか》られたのだ。あせりすぎだとな。あと、一度落ち着いてきちんと話せ、この馬鹿めがと、頭を叩《たた》かれたわ」

「え……」

蓮には『そなたを叱ったりはせん』と笑顔で諭《さと》してくれた照現が、白耀には『馬鹿だ』と頭を叩いたのかと目が丸くなる。

その拍子にぐーっと腹の虫が鳴り、それで止めることはできないと知りながら急いで腹を押さえた。

白耀が声なく笑う。

つまらない意地を張ってと嘲笑《あざわら》っているのかと蓮はきつい視線を向けたが、案に相違して、そこには包み込むように優しい黒瞳があった。

「……タエも、なかなかに頑固でな」

「…………」

「俺と初めて会った時も一昼夜飲まず食わずで、今のおまえのように意地を張っておったわ」

「……タエさんのことも、やっぱりぼくみたいにさらってきたの」

話に乗ったと思われるのは嫌だったが、聞かずにいられなくて蓮は尋ねた。

「いや……」

どこから話そうと思案するように、白耀は視線を宙にさまよわせる。

「……この山の与野川《よのがわ》沿いに立蔵村《たつくらむら》という村があるが……知っているか」

フィールドワークで赴いた村の名を出され、蓮はとまどいながらもうなずいた。東を与野川の渓流が走る、谷間の村だった。

「俺も二百年ぶりに見てきたが……当時より栄えているようだったな。あの村は昔はたびたびひどい蛇抜けに襲われていてな。五年に一度、生娘を人身御供《ひとみごくう》として山の神に捧げておったのよ」

どきんと心臓が大きく跳ねた。与野川流域にかつて人柱《ひとばしら》の風習があったことを知った時に感じたショックが甦《よみがえ》る。蓮が調べた本には「与野川流域」としか書かれていなかったが、今はっきりと白耀の口から立蔵村でおこなわれていたことを知らされて、鼓動が速くなった。口の中が乾いてくる。

なにも言ってはいないのに、白耀がうなずいた。

「昔の話だ。じいさんに聞いてみたが、俺が眠りについた頃から、もうそんなむごいことはなくなっていたらしい。……大丈夫だ」

大丈夫だという言葉とともに、縁に置いた手をそっと握られる。冷たい手なのに、その冷たさが不快ではなく、なぜだか気持ちが落ち着く。ほおっと深い息をつくことができた。

白耀が目だけで笑う。――見る相手を慈しむようなあたたかい眼差《まなざ》しに、蓮はまた胸がざわめくのを感じて、急いで視線をそらしてうつむいた。今度のざわめきは不穏なものではないことに、逆にあわてる。

(なんだこれ。こいつはレイプ魔だぞ。ちょっと優しそうな顔したからってドキドキすんな！)

自分を叱る。

「……タエは、その生贄《いけにえ》にされた娘だった」

(え)

驚いて、蓮は目を見開いて顔を上げた。

「村の山頂側のはずれに、岩屋がある。五年に一度、神に捧げられる娘はその岩屋に入れられ、出口は村の男たちが大岩小岩を積み上げてふさぐ。雨の季節が始まる前、春の終わり頃にな。……その季節、俺はたいてい雪の残る山頂付近にいるんだが、その時はたまたま、花見でもしてみるかと山を降りてきていて、娘が岩屋に閉じ込められるところを見てしまったわけだ」

タエとの出会いを語る白耀の声はどこか甘酸っぱい。

「普通なら人間どもがすることに干渉などせん。だが、娘は、タエは、毅然《きぜん》としていた。泣くでもなくわめくでもなく、自分の役目を受け入れているように見えた。……その姿が妙に心にかかってな……岩屋からタエを……そうだな、助け出したと言いたいが、タエにしてみれば『さらわれた』のと同じだな」

苦笑が形よい唇に浮かぶ。

「『わたしは山の神のものです。命を捧げて村を守る覚悟はできています。わたしを岩屋に帰してください』、そう言われた」

白耀の目が優しくなごむ。

「帰せ帰せと言われるのも、昔と同じだ」

(そんななつかしそうに言われても)

タエと自分はちがうのに。

「せっかく助けたものを、みすみす死なせるわけにはいかんと言うと……やはり今のおまえと同じだ。座り込んで飲まず食わず……いまさら自分の命など惜しくないと言ってな」

（やっぱり、ぼくとはちがうじゃないか）

人柱にされて、自分の命が惜しくないなどと、絶対に言えないと蓮は思う。岩屋に閉じ込められるというだけで、自分なら泣くし、わめく。タエと自分はやはりちがう人間だ。

愛《いと》おしげに見つめてくる白耀と視線を合わせていられなくなって、蓮はまたうつむいた。

「……でも、それなら、どうして……」

タエは白耀の嫁にまでなったのか。

「本当のことを言っただけだ。山の神は人間の命など欲しがってはおらんとな」

「山の神って……照現さん？」

「じいさんは山の一部を預かっているだけだ。山の神はもっと威厳があるぞ。俺でもめったには会えん」

そういうものなのか。

「山が崩れたり、谷が溢《あふ》れたり……そういった自然の災害が起こると人は山の神が怒っているという。……まあ、実際に怒っていることもあるが、ただ留守にしているだけのことも多いんだ。神や妖怪というのも、これでなかなかいそがしいからな。生贄など人間の自己満足だ」

「それでタエさんは……納得したの」

「……一昼夜、飲まず食わず……本当にもう、村のために死ぬのだと思い定めていたからな。

仕方がないから、約束したのだ。次の人身御供が出されるまでの五年間、村は俺が守ってやると。だからおまえは俺のそばで生きていればよいと」

すごい口説き文句だと思う。これほど眉目秀麗《びもくしゅうれい》な男にそこまで言われたら、たいていの女は落ちるだろう。――タエも心揺れたのだろうか。喜んでこの男を受け入れたのだろうか。それとも……。

「……タエさんには……ぼくにしたみたいに、無理矢理しなかった……？」

恐る恐る聞いてみる。白耀はしばらく固まって中空を見つめていた。

答えてくれる気がないのかと蓮が思い始めた頃になって、白耀はようやく長く息を吐いた。

「……この話は……いずれ……おまえがもっと前世の記憶を取り戻したら、そうしたら、話してやろう」

「……否定は……しないの？　タエさんに無理矢理したことないって……」

蓮の問いをいなすように白耀は首を振った。

「おまえにはすまないことをした。その……契りをかわしさえすれば、おまえがすべてを思い出してくれるかと……。あとあれだ、三百年ぶりに会えて、少々、その、がっついた。すまなかった。タエのことは……またいずれ話す機会がくるだろう」

「でも……」

「俺はタエを愛していた。タエも、俺を愛してくれていた。……今は、それだけしか、俺には言えん」

『タエは白耀といて決して不幸せでもなければ、仕方なしに白耀といたわけでもない』

照現の言葉が思い出された。

どうして白耀ははっきりと否定しないのか。どうしてそんなに苦しげなのか。

タエと白耀の馴《な》れ初《そ》めを聞いても、まだまだわからないことばかりだ。

「……ぜんざいが気に入らんなら、作り直してこよう」

白耀が盆にかがみこむ。

蓮はその手を払った。

「……食べないとは……言ってない。……食べるから……置いといて」

蓮の言葉にほっとしたように白耀の口元がゆるんだ。

とても綺麗《きれい》な微笑だった。


ぜんざいも美味《おい》しくいただいたあと、蓮は風呂に入ることにした。

どういう仕組みなのか、風呂の湯は冷めても汚れてもおらず、やはり適温で、蓮の身体を優しく包み込んでくれた。

なしくずしに白耀の用意してくれたものまで食べてしまった。保養所に帰してもらえるという確約はないのに。

（これからどうなるんだろう。……前世だ、約束だって、知らないよ、そんなの）

タエも迷惑な遺言を残してくれたものだと思う。

（っていうか、『自分』で守れない約束すんなよ）

一番腹が立つのは白耀だったが、考えてみれば、一番無責任なのは自分はもう死んでしまうというのに「戻ってくる」と約束したタエだ。

（白耀だって、その約束を信じて氷の中で何年も待ってたわけだし）

氷の亀裂の奥にいた白耀の姿を思い出す。

二百年と一口で言うが、それはどれほどの時間だろう。氷の中で眠っているあいだ、白耀は不安にならなかったのか、寂しくならなかったのか。ただひたすら、いつ戻るともしれない妻を待って、彼は幸せだったのか……。

（まあ寝てたらなにもわかんないかもしれないけど。それにしたって、タエは罪作りだよな。ぼくだって結局、彼女のせいでこんな目に遭ってるわけだし）

怒りの矛先がタエに向く。まったく、なんと人騒がせな遺言を残していったのか。

（でも……）

村のために、己の命を差し出す覚悟ができていたというタエ。

（それは立派だよ。立派だけどさあ）

蓮自身、今の大学の学部を選んだのは土砂災害を少しでも防ぎたいという思いがあったからだ。四年で大学を卒業したあとも、院に進学して岡本《おかもと》教授の研究室に残り、できれば、山間部の防災に役立つ仕事に就きたいと思っている——。

その時、ふっと心の中でなにかが重なるような感覚があった。

何度も土石流の被害に遭っていた痕跡《こんせき》のある立蔵村、その立蔵村の安全を願って、生贄となる覚悟ができていたタエ。そして、幼い頃から、土砂災害の映像だけは平気で見ることができず、「少しでもその被害を防ぎたい」と進路を選んだ自分。

(時代がちがう……道もやり方もちがう……でも、望んだことは同じ……?)

湯船の中で、蓮はひとり目を見開いた。

急に鼓動が速くなる。

前世だの約束だのと言われて、現実のことだとは思えなかった。男に凌辱されていた感覚だけはあるが、前世のことなど思い出せもしない。けれど……もし、本当にタエと自分が同じ魂を持ち、自分がタエの生まれ変わりだとしたら……。

(そうだ、照現さんが言ってた……ぼくとタエはまったく別の人間だって。でも、魂っていうか、核っていうか、そういうのは同じなんだって……)

(もしかしたら本当に? 本当に、ぼくとタエは同じ魂なのか? じゃあ……)

氷の中で眠る白耀を見つけたのは本当に偶然だ。白耀との約束をおぼえていたわけではない。

だが、照現は「人は己の魂がなにを望んでいるのか、自分でもわかっていない」という。わからないままに、自分は白耀との約束を守ろうとして檜恵岳《ひのえだけ》に来たのだろうか。あのクレバスを降りたのだろうか。

男の暴力を耐えながら誰かのもとに帰りたいと願っていた、自分のこれまでの記憶にはないのに、奇妙に既視感のあったあの感覚も、雪や雪山が大好きで、雪の景色を見ると、なぜだかうれしいのにせつなかった、幼い頃からあったあの感覚も、魂に刻まれたものなのか。

湯の中でぐらりと身体が揺れて、蓮はあわてて湯船の縁を摑んだ。

その、自分の手の感覚と動きに、またハッとする。縁を摑んだのとは別の手を開く。

細いけれど、骨ばった、男の手だった。幼い頃は母とよく手をつないで散歩した。おもちゃで遊んだ。スプーンや箸《はし》を使ってものを食べた。クレヨンや鉛筆を握った。物を作り、壊し、洗い、修理し、片付け、勉強し、人に触れ、触れられた、二十一年間、使ってきた手。

タエはどんな手をしていたのだろう。三百年ほど昔の、江戸時代だと照現は言っていた。その時代にこんな山奥で生活していたのなら、手は厳しい生活に鍛えられて、もしかしたら今の自分の手より節くれだっていたかもしれない。冬はあかぎれやしもやけに悩まされていたろうか。薪《まき》を拾ったか、かまどで火をおこしたか、繕い物をしたか、畑仕事もしただろうか。

『ぼくは氷じゃない！　人の身体を……人生を、氷なんかにたとえるな！』

自分自身の声が耳に甦った。

(そうだ……もし、もしも魂が同じだとしても……ぼくとタエはちがう人間だ。いくら核が同じでも、身体も、考え方もちがう……父親も母親も、なにもかも……)

タエにはタエの手があったように、自分の手は自分のものだ。

「――ぼくは、やっぱりタエじゃない」

つぶやいて、蓮は湯の中からざっと立ち上がった。

その夜のことだった。

部屋にはまた狐火《きつねび》が灯《とも》り、蓮がぼんやりと濃い藍色に染まった雲海を眺めていた時だ。

「入るぞ」

という言葉とともに、白耀がまた盆を手に襖《ふすま》を開いて入ってきた。

盆に載っていたのは大きなふたつのおにぎりで、もういまさらな意地も張れず、蓮は「いただきます」とふたつとも腹に納めた。

「ごちそうさまでした」

なんとなく素直に礼を言うのもおもしろくなかったが、

「……美味しかった……です。あり、がとう」

ぼそぼそとそう言った。うむ、と白耀は鷹揚にうなずく。

「素直な口もきけるではないか」

「はあ？　ぼくはただ、おにぎりの礼を……」

「腹が満ちればよい。……よし、では行くぞ」

と、白耀は蓮の手を取った。

「行くって……どこへ」

白耀の勢いに目を丸くして聞くと、人差し指を立てて上を指差す。

「……は？」

「おまえにいいものを見せてやろう」

言うなり、白耀の姿は白く渦巻く靄《もや》へと変わり、蓮の身体をぐるりと包んだ。

「え、え、ちょっと！　え、待って！」

あせる蓮の言葉など無視して、靄となった白耀が蓮の身体を空中へと持ち上げる。

「うわ！」

さらわれた時と同じだった。視界が真っ白になり、ぐるりと身体が反転し、わけがわからなくなる。

『目を開いてみろ』

ごおごおと耳元で唸《うな》る風の音を通して、白耀の声がした。言われて目を開いた蓮は思わず声を上げた。

「うわわ……な、なにこれ……なに……」

眼下に黒い森があった。蓮は夜空を飛んでいたのだ。

『暴れると落ちるぞ』

靄の中から笑いを含んだ白耀の声がする。

『見てみろ』

中空にかかった月が明るく輝き、与野川なのか渓流が月明かりに煌《きら》めき、森がこんもりと黒くうずくまっている。と、高度がぐんぐんと上がり、森林の黒い影が切れ、雪渓やガレ場が襞《ひだ》を作り、尾根が走るのがジオラマのように見えてきた。

「は、白耀、これ……」

『どうだ、なかなか綺麗だろう』

檜恵岳《ひのえだけ》の山頂が真下に見えるところで動きが止まった。五月だが、山頂には丸く雪が残っているのが見える。

その時。

視界をちらちらと白いものがよぎった。

「え、雪⁉」

最初はひとひら、ふたひらと数えられるほどだった雪は見る間に厚みを増して、さらさらと視界を覆うほどに降りだした。

「うわあ……！」

通常ではありえない、足のはるか下に雪が落ちて行くのが見える。前方を見れば、檜恵岳から連なる山々にも雪が舞い落ち、それはまるで山々を飾るレースが上から下へと波打っているかのようだった。

「綺麗だ！」

思わず声を上げると、今度はすべり降りるようになめらかに空中を横切り、山頂近くまで高度が下がる。蓮が白耀に包まれたまま近づくと、山肌が次々に氷に覆われていくのが見えた。月の光を弾《はじ》いて、水晶のように光る氷が、蓮が滑空するスピードに合わせて広がっていく。

「うわ！　すご……すごい！」

山頂付近をぐるりとめぐって氷でコーティングさせたあと、白耀は山をひとつ軽々と越えて、檜恵岳に連なる山の森林上空へと飛んだ。

山肌ではなく、今度は木々が白く雪をまとう。細い針のような葉の一枚一枚に銀色の霜がつき、精巧で高価なクリスタルのように煌めいた。

「樹氷！　樹氷だ！」

興奮して蓮が叫ぶと、

『好きか？』

と聞かれた。

「うん！　雪山、大好きなんだ！」

『そうか』

満足そうに白耀がうなずく気配がし、ふたたびごおごおと風切り音を立てながら旋回すると、今度はなめらかな雪の斜面が見えてきた。雪渓を舐《な》めるように飛び、氷に覆われた岩肌をかすめる。

雪と氷の共演だった。まるで美しいアニメーションを見ているかのようなスペクタクルに目を奪われる。

最後にもう一度檜恵岳をぐるりとめぐり、そして白い靄に視界が覆われた。気づいた時には蓮はもといた部屋に帰ってきていた。

靄だった白耀が人の姿に戻って、蓮は布団のかたわらにトンと着地させてもらう。

「白耀！　白耀、すごい！」

氷雪の妖《あやか》しの力を目の当たりにして、興奮気味に蓮は白耀を振り返る。

「……楽しめたか？」

「うん！　すごかったよ！」

「そうか、よかった」

しかし、にこりと笑ってうなずくなり、白耀は布団へと倒れ込んだ。

「白耀⁉」

あわてて膝《ひざ》をつくと、うつぶせになった白耀から「すまん」とつぶやきが聞こえた。

「少し、寝る……」

「寝る？」

聞き返した時には、もうその目は閉じられ、白耀は寝息を立てていた。

(疲れたのかな)

腹を立てていた相手だ。だが、今夜見せてくれたものは素晴らしかった。

(ぼくを喜ばせようとして……？)

白耀の顔に、髪が垂れかかっている。一筋垂れたその髪を指先ですくい上げようとした蓮は、その冷たさに驚いた。

(なにこれ)

髪一筋だというのに、触れた指先が一瞬痛みを感じるほどに冷たいのだ。

(この人……)

蓮は眠る白耀の全身を見渡した。手をかざすまでもない、その全身から冷気が溢れてきている。試しにそっと背中に触れてみると、やはり触れているのがつらいほどに冷たい。

「それが本当の白耀の体温じゃよ」

横から声がして、蓮は顔を上げた。照現がふわりと空中に浮いている。

「……いつもは、これほど……」

確かにいつも触れられるたび、ひやりとした。けれど、触れられているうちに気にならなくなっていた。それは自分の体温に白耀の肌が馴染《なじ》んだのか、白耀の興奮のゆえかと思っていたのに。

「そなたにあまり冷たい思いをさせとうなくて、霊力で自分の体温を上げておるのよ」

「………………」

「二百年も眠っとったくせに、起きるなりあちらこちら飛びまわって……冬場でもないのに、あれだけ雪を降らせたり凍らせたりすれば、余力は残っておるまいて」

そう言って眠る白耀を見つめる照現の目は、親が子を見守るように優しい。

「……土鍋で……ご飯を炊いてくれて……あと、焼き魚とか、ぜんざいとか……」

考えてみれば白耀が用意してくれたものはどれも火を使うものばかりだった。氷雪の妖しにとって、それはどれほど大変なことだったのだろう……。

「人と同じ程度に火を使うことぐらい、こやつの霊力をもってすればたやすいことじゃ。気に病むでない」

照現がなだめるようにそう言って、ぽんぽんと蓮の頭を叩いてくれた。

「でも……大丈夫なんですか？　こんな……全然、目を覚まさない……」

「霊力を使い果たせば、それこそ霞《かすみ》となって消える妖しじゃがの。こうして人の姿をとれるあいだは心配ないわ。力が戻れば目覚めよう」

ぼくのためにここまで無理をしたのか。

胸の痛む思いで白耀の寝顔を見つめると、

「そなたのせいばかりではないというに」

優しい狐の神が溜息《ためいき》をついた。

「最近は、それ、地球温暖化、とかいうやつのせいでな。このあたりの山の気もずいぶんと荒れておるでな……余分な熱をさましたり、溶けてはならんところの氷を戻したり……この二日、こやつは飛びまわっておったのよ」

言われてみれば、白耀はこの部屋に時々しか現れなかった。

「仕事があったんですね……」

「そうじゃ。こう見えて、神やら妖しやらもなにかといそがしゅうての」

冗談めかして言う照現から、蓮は気を失っているかのように眠る白耀に視線を移した。そんな合間に用意してくれた食事だとは知らなかった。そんな力を使って自分に触れてくれていたとは知らなかった。そういえば、今日もかなりな高度を飛んでいたはずだが、こんな薄い襦袢《じゅばん》一枚で寒さはまるで感じなかった……。

強引で、勝手なことばかりする男だと思っていた。確かに強引で勝手なのはまちがいないが、けれど、それだけの、無茶をするばかりの男ではないのかもしれない――。

「一途《いちず》な男だと言うたじゃろ?」

照現が笑って顔をのぞき込んでくる。蓮は無言でうなずいた。

「さて、そなたの布団をもう一組、用意してやらねばの。添い寝をしたいなら止めはせんが、そなたに風邪を引かせてはわしが白耀に怒られようからの」

そう言って、狐の神様はまたふぉふぉっと笑ったのだった。

その翌朝。

蓮は自分の顔をなぞる冷たい指先に目をさました。

指は額をそっと撫《な》で、眉《まゆ》、こめかみ、頬《ほお》、顎《あご》とゆっくりたどっていく。その指が耳朶《じだ》に触れたところで、蓮はくすぐったさに寝たふりをあきらめた。

「目覚めたか」

目を開くと、柔らかな表情の白耀の顔があった。

「……おはよう」

少し迷ってから付け足す。

「ゆうべは、ありがとう。……とっても、綺麗だった」

「……気に入ったなら、また連れて行ってやろう」

今度は掌《てのひら》で包むように頬を撫でられる。——冷たいが、氷ほどではない。一晩寝て、力が戻ったのだろうか。

「うん……でも、いい。これから暑い季節になるし……異常気象だって、騒がれるよ」

「……そうか。むずかしい時代になったのだな」

もっともらしいことを言いながら、白耀は掛け布団を持ち上げると、蓮の隣にするりと寄り添ってきた。首の下に腕が通され、反対側の肩を抱き寄せられる。

「……なんでくっついてくるの」

「夫婦だからな」

「だからぼくはタエじゃないって何度言ったら……」

口ではそう言いつつ、白耀を押しやることのできない蓮に、白耀はさっきの続きのように蓮の耳朶や首筋を指でたどりだす。

(これ、もしかしたら、やばい？)

ゆっくりと優しく首筋や耳の後ろを撫でる指先に、全身の肌がざわめきだす。くすぐったいが、くすぐったいだけではない。もどかしいような、けれどそのもどかしさを楽しんでもいたいような、おかしな気分になる。

食べないと言っているのに何度も食事を作り、自分も疲れていたのに喜ばせようと全力を尽くしてくれた――拒否できるわけがなかった。

「――蓮」

深く優しい声音で名を呼ばれる。

「蓮、蓮」

冷たい腕、冷たい胸、冷たい息……なのに、触れていると冷たさがうすらいでいく。自分の肌の熱が移るのか、それとも氷雪を操る男も人と同じように興奮すると熱くなるのかと思っていたが、これも自分のために白耀がしていてくれたことなのだ。

「蓮」

もうタエとは呼ばれない。自分の名をささやかれると、それだけで動悸《どうき》が速くなる。

「蓮……おまえは可愛《かわい》いな」

(本当に可愛いのはタエなんだよね?)

憎まれ口を叩きたくなるけれど、甘いささやきを吹き込まれていた耳を小さくかじられて、口から出たのは「ア」という濡《ぬ》れた声だけだった。

耳たぶの溝を舌先が這《は》う。

「やっ……あ!」

ぞくぞくした。

(耳、やばい)

耳元に息を吹きかけられて真っ赤になる女の子を漫画で見たことがあるが、本当にこんなにぞくぞくするものだとは知らなかった。全身の力が抜けて、「ふにゃー」と変な声が出そうになる。

「れん？」

繰り返し名を呼ぶ声が、深く、優しい。

そっと顎に手がかかり、決して強引ではなく、横を向かされた。白耀の顔が近づいてくる。

唇が重なり、吸われた。

ぴちゅ、ちゅ、と秘めやかな音が続き、唇の合わせが自然にほころんだところに、舌が忍んできた。

「……ん」

ぬるりとした感触に、背中にぞくっと妖しい戦慄《せんりつ》が走る。

どこまでも優しく柔らかなタッチと、溶けかけた氷がテーブルの上をすべるようなゆっくりしたなめらかな動きに、逆に煽《あお》られる。

蓮の口中に入ってきた舌は、やはり丁寧に、蓮の口腔《こうこう》の造りを確かめるように動いていく。

「……ん、……んっ」

誘うように舌先で舌を舐められ、つい舌が浮いてしまう。その舌に白耀はぞろりと己の舌を這わせてくる。それだけで頭がぼうっとしてくるのはどうしてなのか。

顎を支えていた手がいつの間にか胸元へと移っていて、布地の上から胸の尖《とが》りを弄《いじ》られた。

優しいがねっとりしたいやらしさも含んだ動きで乳首をこすられて、キスの気持ちよさとあいまって、どんどん身体が熱くなる。

ちう、と唇をひときわ強く吸われ、同時にそれまでは指の腹で刺激されていた肉の粒を爪の先で引っ掻《か》かれるようにされて、びくっと身体が震えた。

ゆっくりと、白耀が蓮の身体の上に乗ってくる。

本当なら、男に伸《の》し掛かられ、こんなふうにさわられたら、怖いはずだった。だが、白耀のゆっくりとした動きのせいか、それとも……別のなにかのせいか、いつもの腹の底から込み上げてくるような恐怖はかけらも湧《わ》いてはこなかった。

かすかに寄せられた眉、少しゆるんだ、濡れた唇、そして……熾火《おきび》のような、狂おしい熱を秘めた黒い瞳。その瞳に怖さよりも陶酔にも似たものを感じて、蓮は「あ」と声を上げた。

顔が近づいてきて、ふたたび唇が重なった。

(怖くない。怖くない、だけじゃなくて……)

こんなふうに触れられることを、自分のどこかが喜んでいるのを感じて、蓮はとまどう。

「蓮」

唇が重なったまま、名を呼ばれた。舌がまた入ってくる。

無意識だった。

蓮の舌は誘われる前に持ち上がり、白耀の温度のない舌に絡んでいた。

互いの口腔を貪り合って飽きなかった。

白耀の手は蓮の顔を挟み、肩を撫で、脇から太腿《ふともも》を撫で、そしてまた蓮の顔へと戻る。その合間に襦袢の帯をほどかれた。

「蓮……俺の名を呼べ」

濃い口づけの合間に、そう命じられた。

「え……」

「俺の名を……」

（名前を呼ぶ？）

ここで白耀の名を呼ぶのはなんだかおかしい気がした。それではまるで、本当の恋人同士のようだ。

そう思うのに、大きな手で頬を挟まれ「ほら」とうながされると、口が勝手に動いていた。

「はく、よう……」

「そうだ」

「白耀……白耀……」

その名を口にするのは初めてのはずなのに、なぜだか、とても呼び慣れた音のような気がする。

「蓮」

「白耀……」

名を呼ばれ、呼び返すと、じんわりと目頭が熱くなった。胸が震えて、訳もわからぬままに涙がこぼれてくる。

「いい子だ、蓮……」

褒《ほ》めるように、また口づけられる。

帯をほどかれた襦袢がはだける。そして自分も帯をほどき着物をはだけた白耀が改めて身体を重ねてくる。

裸の胸と胸が合わさった。白耀の肌の冷たさが心地よく、蓮は自分の身体が火照《ほて》っていることに気づく。

（おかしい。こんな……こんなの）

キスされるたびに、身体の芯《しん》が蕩《とろ》けていく。愛しげに名を呼び合って、濡れる音を立ててキスを交わして、このままどこまで流されてしまうのか。

股間に白耀の手が滑り降りた。もう欲望を孕《はら》んで勃《た》ちかけているものを握られる。

「あふ……ッ」

「蓮……可愛いぞ」

ソレはタエの身体にはなかったはずだ。それでも可愛いとささやき、唇を舐めてくる男に、うれしさが込み上げてくる。

（いや、ちがうだろ。ここはいやがるところだろ）

冷静に自分の感情に突っ込んでくる理性の声は、もうとても小さい。

「白耀……白耀、ア、あぁッ」

手にしたものをこすられて、気持ちよさに蓮は身をよじった。自分の耳にも甘ったるく響く声が次々に上がってしまう。そればかりか、もっともっととねだるように腰が浮き、自分のはしたなさが信じられない。

が、白耀の手はそれまでの動きと同じく、どこまでも優しくゆっくりだった。もどかしさに乾ききっていなかった涙がまた溢れてくる。

「は、くよ、イ、ヤ……いやだ……」

もっと強く握って、もっと強くこすってほしい。中途半端に与えられる刺激が逆につらい。

涙まじりに訴えると、「なにがだ」と白耀は薄く笑う。

「俺にさわられるのがいやなのか」

真逆のことを言って手を放そうとする男が憎らしい。

「ちが……」

「なにがちがう？」

恥ずかしさに顔が熱くなる。

「言わんとわからんぞ?」

ペニスから離した手で下腹部を撫でられる。――ちがう、ちがう。そこじゃない。

「……そこ、ちがう……」

「ん? どこがちがう?」

聞かれて蓮は、下腹部で遊んでいる白耀の手をとった。中途半端なところで放り出され、じんじんと疼《うず》いているペニスへと導く。

「……ここ……」

「ここを? どうするんだ」

触れたまま手を動かそうとせず、薄笑いを浮かべて聞いてくる男が本気で憎い。

「お、同じ男なんだからわかるだろ!」

そう言った瞬間、どきりとした。タエは女性だったのだ。性別がちがうことをわざわざ意識させるようなことを言ってしまった……。

しかし、白耀はいまさらそんなことで引いたりはしなかった。

「俺は」

とろりと甘い眼差しで見下ろされる。

「おまえがどうされたいか、知りたいんだ」

(どうされたいか、なんて)

自分でもわからない。保養所に帰してほしいのか、この行為を続けてほしいのか、タエのことなど関係なく自分を見てほしいのか……。

(なに考えてんだ!)

性の快感は麻薬のようだ。理性を麻痺《まひ》させ、分別をなくし、ただ目の前の身体が自分に与えてくれる気持ちよさだけがすべてになってしまう。

蓮は腕を上げて自分の顔を隠した。

「……握って、こすって……」

「よし」

焦がれていた強い力で性器を握られた。リズミカルにしごかれて、望んでいた刺激に声が上がった。

「アッ……あう、う、んふッ……あ、あ、あ……っ」

先端からつぷつぷと先走りの露が溢れ、白耀の手の動きに合わせて淫猥《いんわい》な水音が立つ。己の溢れさせたものでペニスが濡れると、そのぬるつく感触がさらに気持ちがよく、蓮は爪で畳を掻き、内腿を引きつらせて、踵《かかと》を浮かせた。

「ううあ――ッあ、うぅく、んっ、んあぁッ……!　も、ア、ア、い、いく……出る……っ」

絶頂が近いことを知らせた時だった。白耀の指が秘孔に触れてきた。蓮が溢れさせた快楽の滴が後ろまで垂れていたものか、それとも白耀がなにかを指につけていたものか、ぬめりをまとった指はきつい肉のすぼまりをくぐって蓮の体内へと沈められてきた。

「え、あ、あ、それやだ……！」

力ずくで無理矢理犯された痛みが思い出されて、反射的に身体がすくんだ。が、

「大丈夫だ。今日は痛くしないから」

そうささやかれ、なだめるように絶頂の近い性器をしごかれると、その快感に背後の違和感は急激に薄れた。

ぬぷぬぷと指を出し入れされ、内壁をこすられる刺激と、ぬるつく性器を愛撫される快感が共鳴しあって、頭の芯が痺《しび》れてくる。体内に異物を飲まされる不快感が、性器に与えられる快感のせいで、気持ちのよさにすり替えられるようだった。蓮は初めて味わわされる感覚に必死に喘《あえ》いだ。

「あ、あ、や、これ、へん……へんっ！　んあッ、ア、イ……ッ――！」

前後から同時に追い上げられる。こらえきれなかった。蓮は背を反らせて白耀の手の中に精を放った。

その放出がまだおさまらぬうち――ぬめりを帯びた指がずるりと引き抜かれ、代わりにもっと大きな……白耀自身が押しつけられてきた。

「やッ、あ、あ――ッ」

最後の滴がまだ零《こぼ》れていない、そんな、絶頂の直後の、全身がまだ震えている状態で男に貫

かれる。

頭が真っ白になった。目の前もちかちかする。――気持ちがよくて、どうにかなりそうなほど気持ちがよくて、蓮は高い声を放って全身を痙攣《けいれん》させた。

「蓮、蓮……」

呼びかけられて、うっすらと目を開く。潤んだ視界に、乱れた髪に顔の半分を覆われた美貌《びぼう》があった。

白耀もまた、眉間《みけん》に薄く皺《しわ》を寄せ、せつなげに目を細めて、なにかをこらえるように口で息をついていた。

「蓮……大丈夫か」

「いやッ……！　き、もち、い……いいっ……お、おかしく、なる、うッ」

無意識に白耀の腕を掴《つか》み、蓮は涙声で訴えた。

「やだっ、やッ……おかし……や、気持ち、いッ……」

「……そうか」

白耀の目が優しくなごんだ。奥底に欲情の火は灯したまま、笑う。

「ではもっと気持ちよくしてやろう」

男がぐっと身体を前に倒してくると、それだけで抉《えぐ》られる深さと角度が変わる。蓮は喉《のど》をのけぞらせた。

（そんな、これ以上は無理！）

「ああ……」

心の声とは裏腹に、口から出たのは濃い快感に濡れたよがり声だった。

「つかまれ」

白耀の腕を摑んでいた右手も、畳に爪を立てていた左手も取られ、白耀の首にまわさせられる。

（あ……）

下から見上げる、乱れた髪と欲情に濡れた瞳、そしてがっしりした首と肩の感触――。

（これ、知ってる）

強烈で、はっきりした既視感。

自分は確かに以前にも、こうして白耀を身体に受け入れ、彼の肩にすがって、快感を耐えていたことがある……こうして愛し合っていたことが……。

「蓮……」

『タエ……』

「白耀……」

『白耀様……』

その時、蓮ははっきりと、自分の中にかつてタエだったものがあるのを感じとった。白耀や照現の言葉が本当のことなのだと、初めて実感する。

（ぼくはタエだったんだ）

（じゃあ、今、こんな気持ちいいのも、ぼくじゃなくて……）

疑問が胸に湧いた瞬間だった。蓮の脚を抱えて、白耀がより奥へとつながりを深めてきた。

あ、と声を放てば、続けざまに奥へ、さらに奥へと楔《くさび》を打ち込まれる。

「ああッ、あ——ッ」

腰を打ちつけられるたび、鮮やかで濃い快感が全身に走り、思考がちりぢりになった。

ペニスを弄られる快感とはまるでちがう。体内に男のものを突き入れられ、穿《うが》たれ、身体の内側をこすり立てられて、身体の深奥から甘く熱い、溶けたチョコレートのような快感が湧いてくる。つい昨日は苦しみと痛みしかなかった行為が、それだけに、快感にすり替わった時の大きさと濃さは頭がおかしくなりそうなほどだった。

どこまで感じてしまうのか。

どこまで連れて行かれてしまうのか。

わからなくて、空恐ろしくて、蓮は無我夢中で白耀にしがみつく。

「蓮っ」

「白耀……っ」

乱れた荒い呼吸の合間に名を呼び合う。

しかし——その声の下から、別の名を呼ぶ声が聞こえてくるようで、愛し合っているのが自分と白耀なのか、タエと白耀なのかわからなくなってくるようで……性の快感に喘ぎ、よがりながら、蓮の目からは一滴、透明な涙が零れて落ちていた。

白耀が果てる時、きつく抱き締められた。

絶頂へと向かう男の激しい律動に蓮は触れられてもいないペニスから白濁を吹き、直後、蓮の体内に己を深く埋めて胴震いした白耀に抱き締められたのだった。

しばらくは互いの息の音だけが部屋を満たしていた。

そのまま白耀の身体を抱き返して、ふっと眠りに落ちていたような気もするのだが、十数分だったのか、ほんの一、二分だったのか、蓮にはわからない。

「ん……」

白耀が身じろぎした気配に目を開くと、白耀は長い黒髪をかき上げて身体を起こすところだった。ずるりと男が身体から抜ける感覚に、蓮はまたびくりと身体を震わせた。

(離れていく……)

つながっていた部分がほどけ、密着していた身体が離れていくと、胸にすうっと風が通った。

「寂しい」という感覚に、それはとてもよく似ている。

（なんで、寂しいとか）

自分の感覚が、蓮にはよくわからなかった。

（これ、本当にぼくの感覚なのかな。それとも夕エの……）

白耀に抱かれて喜んでいたのは本当に自分だったのか。

「蓮」

知らぬ間に、すがるような視線で追ってしまっていたらしい。気がついた白耀が振り返る。

「今日は乱暴ではなかっただろう?」

薄く笑った男に軽く口づけられる。

（このキスはぼくに? それとも夕エに?）

そんな疑問を持ってしまった自分に気づいてぎょっとした。

夕エではなく、自分自身を見てほしい、触れてほしい。いつの間に、そんな欲が生まれていたのか。

（おかしいだろ。ぼくは無理矢理さらわれてここに来て……訳のわからないこと言われて強引に抱かれて……今ちょっと気持ちいいセックスしたからって、なにを……）

とまどっている蓮を、白耀は疲れているのだと思ったらしい。かいがいしく後始末をしてくれる。懐紙を揉《も》みほぐして局部を丁寧にぬぐわれて、またぞろいやらしい声を上げてしまいそうになり、蓮はあわてて自分の口を手でふさいだ。

このままではまた官能に火がついてしまいそうだった。甘い空気に逆らうように身を起こし、脱ぎ捨てたままになっていた襦袢を羽織った。

「湯浴みをするか？　洗ってやろう」

「……白耀、お湯に入れるの？　溶けちゃわない？」

照現は普通の人間と変わらぬ程度に白耀は火も使えると言っていたが。

「そこまで下等ではないからな」

いくぶん自慢げに答える白耀の、大きく開いたままの着物の合わせから白い胸が見えている。その胸にもう一度、きつく抱き締められたいと感じてしまうのは……本当に自分だろうか。それとも、自分の中の夕エだろうか。

（夕エに飲み込まれてしまいそうだ……）

「蓮？」

顔を上げると、自分をじっと見つめている黒い瞳と目が合う。――この視線は本当に八坂蓮に向けられたものだろうか。心配げに問いかける声は本当に自分を案じてくれているのだろうか。

「ひとりがいいなら、ひとりで入ってくるがいい。そのあいだに朝飯の用意をしよう」

「あ……ご飯なら……ぼく、自分で作るよ……」

「おまえを結界の外に出すわけにはいかん」

では台所はこの社《やしろ》の外にあるのか。

「で、も……」

「ゆうべの散歩で里心がついたのか」

「そんなんじゃない！」

逃げようとしていると思われたのかと、蓮はつい声を荒らげた。

「ぼくは……ぼくは……」

少しでも白耀に無理をしてほしくなくて。

そんなセリフを口にしたら、白耀はどんな顔をするだろう。驚くだろうか。そして、ようやくおまえもタエに似てきたなとでも言って喜ぶのだろうか……。

「なにがいい？　味噌《みそ》汁でも作ってやろうか。タエは大根の味噌汁が……」

「大根の味噌汁なんて大嫌いだ！」

思わず叫んでいた。

「わ、るかったね！　ぼくは、タエじゃないから！　大根の味噌汁なんか嫌いだから！」

（まずい）

叫んでいるあいだに目頭が熱くなり、鼻の奥がツンとしてきた。このままでは泣いてしまう。

蓮はばっと掛け布団を引っ張った。頭まで布団をかぶって丸くなる。

「……おい」

肩を揺すられた。

「嫌いなら味噌汁は作らんぞ？　……そんなに怒るほどのことではないだろう。おい……」

(だから……！)

いちいちタエを持ち出さないでほしい。タエと自分はちがう人間なのだと、白耀はちゃんと認識してくれているのか。

(ちがうちがう！　ぼくは……)

悲しくてやるせない。その感情が大きく膨らんで、泣き声をこらえるのがやっとだった。

なぜ、こんな気持ちになるのか。

白耀に、タエと自分はちがう人間だと認めてもらって、そして自分はどうしたいのか。

(もういやだ、いやだ！)

自分の感情の由来もわからず、その波に飲まれて、蓮はただ、白耀に泣いているのを悟られまいと、必死に歯を食いしばった。

どれほどそうして布団の中で丸まっていたのか。

「そろそろ出てこんかぁ？」

のんびりした声をかけられて、蓮は亀のように布団からにょっきりと首を出した。

照現が枕元に座っている。

「おお、おお、せっかくの可愛いご面相が……いや、これはこれで可愛いかの」

ほれ、と目の前に懐紙を出される。布団から起き上がって蓮は鼻をかんだ。泣きすぎたせいか、頭がフラつく。

「――さて」

ちんまりと布団の横に座った照現が腕を組んだ。

「そろそろいろいろと思い出しておるのではないか？」

尋ねられて、蓮は指先で布団の白い布地を引っ掻いた。

「……錯覚……なんじゃないかなって、思うんです。あんまりタエだタエだって言われるから……。ほら、人間は魂の記憶を思い出せないもんなんでしょう？　だから……」

「普通ならばの。しかし、ここはわしの社じゃ。現実に存在しながら、現実ではない。この世とあの世の狭間《はざま》にある、特別な空間じゃ。人の世にいては決して思い出せない魂の記憶も、ここでは甦りやすくなっておる」

そういうことなのかと腑《ふ》に落ちる。では、あれはやはりタエの記憶なのか。

「あの……でも、全然……具体的なことは思い出せてないし……なんていうか、ああ、昔もこんなことがあったなあっていう……そういうぼんやりした感覚だけなんですけど……」

「……混乱しておるのではないか？」

いたわるような声音だった。はっと顔を上げると、細い目が深い理解をたたえて、蓮を見ていた。

「白耀を憎からず思う心が……己のものか、タエのものなのか。己の感じることが、本当に己自身のものなのか、タエの記憶によるものなのか」

「そ、そうです！　わからないんです！」

蓮は勢い込んで身を乗り出した。

「白耀のこと……あの、さわられたりとか……その、契り……とか、最初は怖くて仕方ないだけだったのに、なんか……食事の支度してくれたりとか、雪景色を見せてくれたりとかしたせいかなって……それでほだされちゃったっていうのもあるのかなって思ったりもするんですけど、もう全然怖いのはなくなってるし、逆に……逆に……」

「わかっておる、わかっておる。言うたであろ？　この社の中でのことはわしには筒抜けじゃと」

自分と白耀の恥ずかしい様子が筒抜けだと言われて、蓮は顔から火を吹いた。けれど、おかげで話は早い。

「……あの、それって、タエの影響っていうか……そのせいなんじゃないかと思うんです」

ほほ、と照現が笑う。

「人を恋うる気持ちは心の奥から出てくるものであろ？　そなたの奥にあるものはタエと同じ

ものじゃ。同じものならば、同じ相手をまた恋しても、なんの不思議もなかろうよ」

「……でも、それは……本当に『ぼく』なんでしょうか？」

「そなたはそなたじゃ。魂がタエと同じだからといって、同じ相手を無理に好きになる必要はないぞ？　しかしの、そなたが好きになったものを、これは魂が好いておるもので、己自身が好きなわけではないというのは、これもちがうぞ？　魂あっての、今のそなたなのじゃ」

「魂あっての、ぼく……」

それはやはり、タエに八坂蓮が影響されても仕方がないということだろうか。

「腑に落ちんか」

顔をのぞき込まれて、蓮は小さくうなずいた。

「それって……白耀がぼくの中にタエを見てても仕方ないってことにも……なりますよね？　あの人、ぼくが前世を思い出せば全部それで片がつくって思ってませんか」

「さすがに今はそうは思ってはおらんだろう」

「…………」

そうだろうか。白耀が望んでいるのは、タエの生まれ変わりと夫婦としてともにすごすことではないのか。「八坂蓮」との恋など、白耀の望みではないのではないか。

「あの……やっぱりぼくを保養所に帰してもらえませんか」

膝を進めると、照現の目がぱっと開いた。

「――それはそなたの本心か？」

重々しい声で尋ねられる。「もちろんです」と答えようとして、しかし、蓮は声が出なかった。

「たった三日でそこまで心揺れたんじゃ。もうしばらく、そなた自身の心と、前世の記憶と、白耀と、向き合うてみたらどうじゃ」

「……………」

「なに」

照現が短く笑った。

「悪いようにはせん。なにしろ、わしは神様じゃからの」


悪いようにはしないと言われても、どこまで信じられるのか。

研究室のメンバーたちは心配しているにちがいないし、おそらくもう、地元の両親にも連絡は入っているだろう。母がどれほど心配しているかと思うと、蓮も心が痛い。せめて無事でいることだけでも知らせたいが、一番いいのは蓮が元気な姿で帰ることだ。

蓮には蓮の生活があるのだと、白耀はちゃんとわかってくれているだろうか……。

（本当にどうしよう）

そんな蓮の思い悩みの根本の原因でもある白耀は、夕飯と入浴をすませた蓮が布団に入ったところで、またどこからともなく現れ、掛け布団を持ち上げると蓮の隣に入ってこようとした。

「うわわわ……」

蓮はあわてて布団を飛び出す。

「なんだ。そんなに驚くことはないだろう」

と白耀は不満げだ。

「俺たちは夫婦だ。同じ布団で寝るのは当たり前だろう」

「ぼくたちは夫婦じゃないし、同じ布団で寝るのは当たり前じゃない」

「まだそんなことを言っているのか。いつまでもそんなところにいると湯冷めするぞ。布団に入れ」

（そんなこと言って……）

また白耀は力を使って、蓮の体温に合わせて自分の身体を火照らせるのか。一晩中？

「――あんたが出てってくれたら、すぐに入るよ」

つっけんどんに返すと、白耀はわざとらしい溜息をついた。

「わからんな。今朝はあんなによがって俺にすがりついていたではないか。なぜ今さらいやがる。疲れたというなら、今度はあっさりすまそう」

「だ……！」

自分の恥態をあからさまに口にされ、蓮は一瞬、絶句する。

「おまえは頭が悪いのか。何度同じことを言わせる」

「わかってるよ。俺たちは夫婦だとか言うんだろ」

「わかっているならいいだろう」

白耀が伸ばしてきた手を蓮は叩き落とした。

「あんたと夫婦だったのはタエで、ぼくじゃない」

「だからそれを思い出すためにも、夫婦らしく……」

「あのさ。夫婦夫婦言うけど、ぼくは男なんだよ？　タエとはちがう」

にやりと白耀の口元がいやらしく歪《ゆが》んだ。

「ああ。タエは精液は出さなんだからな」

「っ」

なにか投げつけてやるものはないかと見まわし、手近にあった枕を摑んで白耀へと投げつけた。

白耀は顔の前で枕を受け止めると、首をかしげた。

「男でも女でも、それこそ人でも犬でもかまわん。……まあ、犬相手にまぐわいはせんが。姿形が変わっても、俺にとってタエはタエ。唯一、愛したおなごだ。おまえだって、魂で俺を求めてくれているからこそ、男の身で男に抱かれてもあれほどの愉悦を味わえたのだ。なぜ素直にならん」

やはり白耀にとって自分は夕エでしかないのだとその言葉に思い知らされて、蓮は大きく息を吸うと、ゆっくりと吐いた。

（そんなの、わかってたことだから）

胸がずきずきと痛むのを、強がって気づかぬふりをする。

「……勘ちがいしないでほしいんだけど」

精一杯、目に力を込めて白耀を睨む。

「ぼくは、あんたを求めてないから。朝のことだって……いやらしいことされて感じただけで、魂なんか関係ないから」

「ふむ……」

白耀はぽんぽんと枕を叩いていたが、「そら」と声をかけると、天井近くまで高く放り上げた。空中高くでその枕はまるで太陽のように白く発光し、つられて枕を目で追っていた蓮は突然の眩《まぶ》しさに、「うわ！」と叫んで目を閉じ、顔をそむけた。

と、ふわっと身体が浮くような感覚があり、目を開いた一瞬後には、蓮はまたも白耀に押し倒されていた。

「……目くらましとか、卑怯《ひきょう》だ……」

「おまえが素直にならんからだ」

「……無理矢理したら、照現さんに怒られるんじゃないの」

「だから無理矢理にはせんぞ?」

(またこの目)

とても愛おしく、大切なものを見るような、蕩けるような熱を帯びた瞳で見つめられ、意に反して鼓動がどんどん速くなってきてしまう。

ちゅっと額にキスを落とされた。ちゅ、ちゅ、と白耀の唇は額から耳、頬、顎へと移っていく。

「……や、やだって……」

いやだと言う声が、甘くかすれてしまうのがいまいましい。さらに腹立たしいのは、自分の身体が白耀に応えるように力が抜けていくことだった。

唇に唇が触れた。

二度、三度と、軽く触れるだけだったあと、深くしっとりと重ねられる。

(あ、これ、ダメなやつ……)

抵抗しろとささやく理性を麻痺させる甘いキス。

舌が入ってきて、淫猥な動きで口腔をしゃぶられたら、もうぐずぐずに崩れるしかなかった。

「あ……」

蓮の腕を押さえつけていた腕がはずれ、愛おしげに頬を撫でるだけになっても、もう蓮の腕は白耀を押しやることはできなかった。

〈4〉


（ここに来て、何日目だったっけ……）

照現《しょうげん》の結界の中とはいえ、障子の向こうが明るくなったり暗くなったりと、一応一日の時間変化はある。しかし、朝も夜も関係なく白耀《はくよう》に抱かれ、淫靡《いんび》な歓びを味わいつくしては崩れるように眠り、用意されたものを食べ、二十四時間、常に清らかな湯がたたえられた風呂で入浴する生活に、時間の感覚はとっくにおかしくなっている。

（八日……いや、十日だっけ？）

（研究室のみんなはもう山を下りただろうか……父さんや母さんも心配してるよな……）

（どうやったらここから出られるだろう）

ひとりきりでいる時は自分が置かれた状況についてまだ多少はまともに考えることができたが、白耀が部屋に現れ、その胸に抱き寄せられるともうダメだった。

味わわせてもらえるだろう快感の予感に喉《のど》が鳴り、最初のキスで頭に霞《かすみ》がかかる。

大きく脚を拓《ひら》かれてその中心を愛撫《あいぶ》されたら、身悶《みもだ》えして声を上げずにはおられず、男のものに内奥をこすられたら、腰を揺らめかせて快感を追わずにいられない。時には熾火《おきび》のようにいつまでも消えない熱に、自分から白耀を求めることさえある。

そんな蓮《れん》に、白耀は満足そうだ。多少の抵抗や言い争いさえ、スパイスとして楽しんでいるように見える。

蓮が性の快楽に流されているだけだとしても、「タエ」が自分の腕の中にいれば、白耀はそれでいいのだろう。

（これはまずい）

ここに連れてこられた日数が正確に把握できなくなった時に、蓮は危機感をおぼえた。

（このままじゃ、ぼくは妖怪に飼われているだけのペットと同じだ）

魂も前世も関係ない。「八坂《やさか》蓮」としての人生がなくなってしまう。

（やっぱりここから逃げ出さないと）

改めて心に決めて、蓮は部屋を調べてみた。結界というが、どこかにほころびというか、現実の世界への通路がないだろうかと思ったのだ。

（隠し扉とか、秘密の通路とか……）

風呂場とトイレ、そして廊下の突き当たりの壁は最初に調べてあったが、今度は壁という壁をこつこつと指の背で叩《たた》いてみた。が、どこもくぐもった音が返ってくるだけで、隠し扉などはなさそうだった。

（忍者屋敷じゃないもんなあ……抜け道とか、やっぱりないのかなあ）

最後に蓮は、床の間と違い棚を調べてみた。

（そういえば、壺《つぼ》の中から別の世界に行けるとかいう昔話が中国になかったっけ）

昔読んだ本の話を思い出し、棚に飾られた壺の中に腕を突っ込んでみたが、すぐにカツンと陶器の底に当たった。

「うーん……」

唸《うな》った時、まだ調べていなかった、違い棚の下の戸袋が目に入った。

期待を込めて、小さな引き戸を開く。が、そこには蓮が期待したような、不思議な通路もなければ結界の外に通じる扉もなかった。

代わりに、そこには埃《ほこり》っぽい古い和綴《わと》じ本とやはり古びた柳行李《やなぎごうり》があった。柳行李の上に見慣れた色柄のものが載せてある。蓮が白耀にさらわれた時に着ていたスエットや下着だった。

「これ、こんなとこに……」

スエットと下着を手に取ると、ほんの数日前に身につけていた自分の物が、他人の物のようによそよそしく感じられた。

蓮はあえて、そのスエットと下着を胸に抱き締めてみた。

「……これは、ぼくの。八坂蓮の物」

声に出して言ってみる。

「ぼくの。八坂蓮の」

どこか希薄になっていた、保養所に、もといた世界に帰らなければという思いが強く胸に湧《わ》いてきた。

（そうだ。ぼくはぼくだ。タエじゃない。ぼくは白耀のお嫁さんじゃない）

こんな当たり前のことを忘れかけていたなんて。

蓮はひとつしっかりうなずいてから、戸袋の中に目を移した。

自分のスエットと下着はここにあった。では、この本と柳行李の中身は誰の物だろう。

一度気になりだすと、どうしても中を見たくなった。

スエットと下着を脇に置き、蓮は戸袋の中に頭を突っ込んだ。まず本を取り出し、次に柳行李を取り出す。

どちらから見ようか少し迷って、蓮は柳行李の蓋《ふた》を持ち上げた。

鮮やかな赤い色が目に飛び込んでくる。

（着物？　と、帯？）

小花を散らした可愛《かわい》らしい模様の赤い着物と、格子縞《こうしじま》の黄色い帯だった。やはり古い物らしく、せっかくの色合いはすでにいくらかくすんでいる。

深い考えもなく、その着物と帯をそっとすくうように手に取った瞬間、蓮は雷に打たれたかのようにびくりと身体を震わせた。

「あ……あ……」

映画の予告のように細切れの映像が、色鮮やかに脳裏をよぎる。

この着物を着せてくれながら泣いている、陽に焼けた年配の女性の顔。

『おかあちゃん、泣かないで。わたしはお勤めを果たしに行くだけなんだから』

気丈で、凛《りん》とした少女の声。

『入れ。この奥だ』

しゃがれた男の声。ぽかりと口を開いた黒い洞窟《どうくつ》。湿った、腥《なまぐさ》い空気。

積み上げられていく岩、細くなっていく光——。

(これはタエの……!)

蓮はあわてて手を引いた。ぱさりと畳に落ちた着物を呆然《ぼうぜん》と見つめる。

(タエの……岩屋に閉じ込められた時の記憶だ……本当に……)

見えた情景は細切れの、短いコマのようなものだったが、それに付随する情報が頭の中に流れ込んでくる。

(貧しい村で……こんな綺麗《きれい》な着物なんか見たこともなくて……だから、これを着て、神様のところに行くんだと言われて……誇らしくて、立派にお役目を勤めなきゃって、そう思ってて……岩屋には前の娘たちの骨が……怖くて、でも、村を守るためだから……)

『なにをしている』

入り口を大岩小岩でふさがれて、光といえばその隙間《すきま》から漏れてくるかすかなものだけという暗闇の中で、ただひたすらに真言《しんごん》を唱えている自分に、かけられた声……。

「なにをしている」

つい今しがた、頭の中に響いたのとまったく同じ声を現実の耳で聞いて、蓮は「ひっ」と声を上げた。振り返る。

『娘、生贄《いけにえ》か』

「それはタエの……」

ほぼ真っ暗闇の岩屋の中でも、なぜだかはっきりと見えた、白皙《はくせき》の美貌《びぼう》。その時とまったく変わらぬ顔が目を丸くしている。

すぐに白耀はふっと目をなごませた。

「なつかしいな。とってあったのか」

蓮のかたわらに膝《ひざ》をつくと、そっと着物を持ち上げる。

（その目……）

蓮を抱く時に蓮に向けるのと同じ目で、白耀は両腕にすくった着物を見やる。なつかしそうにそっと着物を撫《な》でる手の優しさも、蓮を愛撫する手つきと変わらない。

「おお、この着物も……！　日記もとってあるではないか！」

柳行李に残っていた萌黄《もえぎ》色の着物や和綴じの本に、白耀の顔が輝く。

「これはな、俺とタエが初めて出会った時の……」

勢い込んで話そうとする白耀から、蓮はすっと身を引いた。

もうタエのものに触れたくない。

しかし、白耀はそんな蓮の様子に気づいてはいないようだった。

「どうだ。なにか思い出さんか。これはみんな、おまえにとっても思い出深い品々ばかりだぞ」

「……それは、ぼくの物じゃない」

鳩尾《みぞおち》になにか重いものを乗せられてでもいるかのように、息苦しい。深い呼吸ができなくて、気分が悪い。

蓮はすがるように、脇に置いてあったスエットに手を伸ばした。下着ごと胸に抱え込む。

「ぼくの物は、これだけだ。……着物も、本も……知らない。ぼくの物じゃない」

喘《あえ》ぐように言って首を振る。

怒鳴るかと思ったが、白耀は逆に口元に笑みを浮かべた。

「忘れているのだ。無理もない。……そうだ。一度、袖《そで》を通してみないか。なにか思い出すかも……」

「いやだ！」

思い切り大声で叫んだ。

「それはぼくの物じゃない！　それは……タエの物だ！　タエの着物なんか着たくない！」

ふう、と白耀は息をついた。着物と日記を重ねて行李に戻し、「蓮」と呼びかけ、肩を抱こうとしてくる。

「いやだ、さわんな！」

身体をひねって、蓮はその腕から逃げた。

「そうやって……そうやって、また……抱けばぼくがおとなしくなると思って……」

ようやく白耀も蓮の様子がいつもとちがうことに気づいたようだった。

「どうした……」

それでも伸びてくる腕から逃げて、蓮はスエットを抱えたまま立ち上がった。

「さわんなってば！」

「蓮。着たくなければ無理に着なくていい。だから落ち着け」

「いやだ……いやだ……」

じりじりと後ずさる。

「蓮！」

厳しい声で叱《しか》るように呼ばれた。

「いやだというならさわらない。だから座れ」

「…………」

「座れ」

強い口調で再度うながされる。震える吐息をひとつつき、蓮は開いたままの柳行李を顎《あご》でしゃくった。

「……それ、しまって」

「…………」

なにか言いたげにちらりとこちらを見たが、白耀は黙って行李の蓋を戻し、行李を戸袋にしまう。

「しまったぞ。座れ」

うながされて蓮はその場にずるずると座り込んだ。息苦しさは変わらず、腹部がずしりと重い。

「……タエの物は、いやか」

問われてうなずく。

「……俺が、思い出せと言うからか」

記憶の一部はもう戻っているが、本当のことを告げるかどうか、まだ心は決まっていない。

黙り込んだ蓮に、白耀がいらだったように溜息《ためいき》をつく。

「黙っていてはわからんだろう」

「……どうして、ぼくに思い出せ思い出せって言うの……」

「決まっている。思い出してほしいからだ」

白耀の答えは揺るぎない。

「だから、どうして思い出してほしいの」

「それは……」

少しだけ、白耀の声が揺れた。

「おまえはまだ、ここに俺とともにいることに納得していないだろう。おまえが、戻ってくる、待っていてくれと言ったから、俺は長い長いあいだ、おまえを待ち、そして約束通り、おまえが戻ってきてくれたから目覚めたのだ。なのに……おまえはそんな約束など知らんという。俺に抱かれて気持ちよくはなっても、心の底から、ここで俺と暮らすことを喜んではいないだろう。……だからだ。タエの時の記憶が戻れば……おまえはもっと……俺といることを素直に喜んでくれるのではないかと……」

驚きの言葉だった。

白耀が、白耀に抱かれる快感に流されつつも、ここに留《とど》まることに抵抗も感じている蓮の心の内を察してくれているとは思わなかった。

目を見張って白耀を見つめる蓮を、白耀も静かに見つめ返してくる。

「……思い出したことも、あるよ……」

自分たちのあいだには謎が多すぎる。白耀もタエとのあいだに起こったことをすべて話そうとはしないし、自分もまた、不思議な既視感のこともタエと自分との共通点も話してはいない。

けれど、カードをすべて伏せたままでは、自分の本当の気持ちも、相手の気持ちもわからない。

「……ぼくは……たぶん、本当に、タエなんだと思う。……抱かれてる時に……『白耀様』とか言ってる声と、自分が、ダブったり……さっきの着物をさわった時も……着物を着せてくれてる、たぶん、おかあさんみたいな人の顔も見えたし、岩屋に入って、入り口をふさがれてくのも……見えた」

「ならば……！」

立ち上がろうとする白耀を、「待って！」と蓮は制した。

「ぼくは、でも、タエじゃない」

「なにを言う。記憶まで戻っているのに……」

「ぼくは……ぼくの前世は、確かにタエだったんだと思う……白耀のことが好きだったのも、白耀といて幸せだったのも……なんとなく……わかる」

白耀は「わからんな」とつぶやいて、ふたたび畳に座り直した。

「それがわかったのなら……なぜ、タエではないなどと……」

「だって、ぼくはタエじゃないから」

「…………」

「岩屋から助け出されて白耀に出会ったのも、タエであって、ぼくじゃない。ぼくは寝ているところをさらわれたのが、あんたとの出会いだった」

「……強引なことをしたのを怒っているのか。ならばあやまる」

蓮はゆっくり首を振った。

「怒ってるんじゃない。ぼくとタエはちがう人間だって、説明してるだけ」

「……確かに、確かに身体はちがう。だが、魂は同じだ。おまえたち人間には理解しにくいかもしれんが、核となる魂が同じならば、本質的にそれは同じものなのだ」

やはり、白耀や照現など、人あらざる者たちには、魂の存在がすべてなのか。絶望的な気分になりながら、それでも蓮は顔を上げた。

「……その説明、理屈ではわかるけど、でも、感覚ではぼくにはわからない。だって……ぼくの人生とタエの人生はまったく別ものなんだ。タエは生贄になることになんの疑問も持ってなくて、逆に自分がお役目を果たせることを誇りに思ってた。だけど、ぼくはちがう。ぼくなら生贄になんかされたら泣いて抵抗するし、誇りになんか思えない。普通なら着られない豪華な着物を着せてもらったって、こんなんでごまかせるのかって逆に腹が立つ」

「…………」

「タエとぼくは、ちがう人間なんだ。タエとぼくを、重ねないでほしい」

蓮がそう言って言葉を切ると、部屋にはシンと沈黙が落ちた。

白耀は蓮の言葉をどう考えているのか、うつむいていてその表情は見えない。

「……おまえが……」

ずっと同じ姿勢でいるのがつらくなって、蓮が脚をもぞもぞと動かしたタイミングでようやく白耀が口を開いた。

「おまえが、俺に抱かれて歓んでいるように見えたのは……俺の勘ちがいか」

踏み込まれたくないところを直截《ちょくさい》に聞かれて、蓮は決まり悪く、また脚を動かす。

「……勘……ちがい……じゃ、ない……けど……でも、歓んでるのが、ぼくなのか、ぼくの中の……その、タエだった部分なのか……正直、自分でもよくわかんなくて……」

「一緒ではダメなのか」

揺れているところを畳み掛けられる。

「俺に抱かれて気持ちがいいなら、タエでもおまえでもいいだろう」

「よくないよ！」

大声で言い返す。

「よくない！　だって、タエのお母さんとぼくのお母さんは別の人なんだよ？　生まれてから白耀に出会うまでの生活だって、性別だってちがうんだよ？　なのに……タエに影響されて白耀のことを好きになるなんて……おかしいよ」

「……ならば、おまえはおまえで、俺のことを好きになってくれればいいではないか？」

「そんなかんたんに……」

ここからここまでは前世の記憶と影響、はい、ここからは現世ですよときちんと線引きができきれば、最初から話はもっとシンプルだ。

言いよどんでいると、

「俺も、おまえをおまえとして見よう」

白耀がきっぱりとうなずいた。

「え」

「俺もおまえをおまえとして見る。……そうだな、まずは手始めに、おまえの生い立ちを教えてもらおうか」

言われたことに驚いて、蓮は目を丸くした。

「ぼくを……ぼくとして……？」

「そうだ。……じいさんが言っていた。いくら魂が同じでも、おまえとタエは別の人間なのだと。俺は今まで、多少、入れ物の形が変わっただけで、中身は同じではないかとずっと思っていたが、そうではないのだな。確かに、タエの記憶が戻ったぐらいで、おまえが『白耀様』と甘い声で呼んでくれるとは思えんな。うむ」

白耀はひとり何度かうなずいた。

「『八坂蓮』という人間のことを、俺に教えろ」

「…………」

「そうだな。年はいくつだ」

「あ……二十一……十月が誕生日で二十二になる……」

「そうか。タエと出会ったのはタエが十五の時だった。……そうやって思うと、おまえのほうが子供っぽいな」

「む、昔はいろいろ早かったんだよ！　元服とか、昔は十五歳くらいだったらしいけど、今は二十歳だからね、成人式」

「父母はなにをしている。息災か」

「元気だよ。……ぼくが急にいなくなって心配してると思うけど。……父は会社員、あ、会社ってわかる？　えっと……仕事をみんなで集まってしてるところで……」

「見当はつく」

「母はパートで病院の事務をしてる。パートっていうのは、えっと、正社員じゃなくて、時給で働く……あ、正社員わかる？」

そこまで言ったところで、白耀は「なるほど」とうなずいた。

「タエが生きていた時代と今とでは、ずいぶんと社会も変わっているのだな。山の空気も濁り、やたらと人が登ってくるから、時代がまた変わったのだとは思っていたが、じいさんに聞いた以上に、世の中は変わっているようだ」

ふっと白耀の目がなごんだ。

「おまえの話をきちんと理解するには、俺も今の社会のことを知らねばならんな」

「あ……白耀は、えっと、何歳……っていうの？　いつから生きてるの？」

考えてみれば、もう何度も肌を合わせているというのに、蓮も白耀のことをほとんど知らない。

「何歳か……ここ二百年は眠っていたが……その前は……」

むずかしいことを考えようとするように白耀は眉《まゆ》を寄せた。

「……意識があったのは、八百年ほど前からか……この姿になったのは五百年ほど前だ」

壮大すぎて理解が追いつかない。

「あ、ああ、そう……けっこう年なんだね……」

その割には子供っぽいのはそっちじゃないかと思ったが、黙っておいた。

「……タエと出会ったのは三百年前……それまでは、冬になればこの檜恵岳《ひのえだけ》に雪を降らせ、川を凍らせ、春になれば、ゆっくりと山頂近くへしりぞき……その繰り返しでなんの疑問もなく、寂しさも、逆に楽しさもなかったが、タエと会って……なぜこのおなごはメシを食おうとせんのだろうと腹を立てたり、山の神は人の命など欲しがってはおらんのに、なぜ意味もないことで己の命を差し出そうとするのだろうと不思議に思ったり……笑うと可愛いと感じたり、ともにいるとうれしいと感じたり……初めて俺は、心が動くとはどういうことか、わかったのだ」

「…………」

白耀の黒い瞳が時空を超えて、タエを見つめる。

「照現のじいさんは、ただの雪の精が人間くさくなったと言って笑っていたが……俺は、タエと会ってようやく……そうだな、俺が俺になれた気がしている」

(そんなの)

蓮はうつむいた。

(いまさらぼくのこと知ってもらったって、仕方ないじゃないか)

初恋の相手というレベルではない。タエと出会って初めて心が動き出したのだとなつかしげに語る男は、自分がなにを言っているのかわかっているのか。

(かなわない)

「ああ、すまん。おまえの話を聞くところだったのに、つい、俺の話を……。そうだ、おまえはなにをしてすごすのが好きだ?　もしここでの暮らしが退屈なら、そういうおまえが楽しめるものを……」

「もういいよ」

「なにがもういいんだ?」

軽く目を見開く白耀が、本当になにもわかっていないようで腹が立つ。

「だからもういいんだ。ぼくの話は」

「よくないだろう!」

短気な男はすぐに声を荒らげてきた。

「おまえが言ったんだ！　タエと自分を重ねるなと！　だから俺も、おまえをおまえとして、タエとは別の人間としてきちんと見ようと……」

「だからもうそれがいらないんだって！」

叫ぶと白耀の眉が吊《つ》り上がった。

「……いらないとはどういうことだ。俺がおまえ自身と向き合う必要はないということか」

「…………」

「蓮！」

「……そうだよ！　いくら……いくら、ぼく自身を見てもらったって……そんなの、そんなの、無駄だってわかったんだ！　だからもういいって……！」

「なにが無駄だ！」

（なにが無駄って、そんなの）

心を持たなかった……いや、持っていたにしろ、その心がそれこそ氷のように凍《い》てついていた雪の精が、ひとりの少女と出会って、喜んだり怒ったりすることをおぼえたのだ。その少女は「俺が俺になれた」などと言わしめるような存在だったのだ。

（だから、待ってたんだ。三百年も）

その少女のいまわの際の言葉を信じて、いつか戻ってきてくれると……。

（ぼく自身を見てもらったからって、なんの意味があるの）

「蓮！」

膝でにじり寄ってきた白耀に肩を摑《つか》まれた。その手がびくりと震えた。

「……おまえ、泣いて……」

いつの間にかこぼれていた涙を蓮は乱暴に指先でぬぐった。

「泣いてない」

「なぜ泣く。……わけがわからん。俺が怒ったからか。いや、いまさらそんな……」

（あんたにはわかんないよ）

そう思ってから、自分でもわからないのにと思う。

「蓮……俺はおまえのことを知りたいと思うぞ。無駄だとかもういいとか言わず……話してくれ」

黒い瞳がまっすぐに見つめてくる。とても真剣な声音も表情も、白耀が本気で言っているのだと伝えてくる。

しかし蓮は首を横に振った。

「……死んだ人間には、かなわないって……わかったから。もういい」

「…………」

肩に食い込んでいた指がゆっくりとはずれた。

蓮は立ち上がり部屋を出ると、風呂場へと駆け込んだ。

なぜこんなに胸が痛いのか。なぜ次々に涙が溢《あふ》れてくるのか。

せめて声は上げたくなくて、蓮は襦袢《じゅばん》の袖を噛《か》んで必死に泣き声をこらえた。

(かなわないって、なんだよ。ぼくはあいつのことが好きなのか。タエよりぼくのことを好きになってもらえそうにないからって、泣いてんのか)

(ちがう、ちがう。ぼくが好きなんじゃない！　タエだよ！　ぼくの中のタエがあいつのことを好きだって……)

(じゃあなに？　自分で自分にかなわないって泣いてるってこと？)

そこまで考えたところで笑いが込み上げてきた。

泣きながら笑う。

「……もう、やだ……」

自分も、タエも、白耀も、魂も、前世も、なにもないところに行きたかった。——そんなところが、あるのなら。


ひとしきり泣いてから、湯船の湯で顔を洗った蓮が部屋に戻ると、もういないだろうと思っていた白耀があぐらをかいて座っていた。

その前には初めて来た日と同じ、盆と丸い土鍋がある。

正直に言えば、今、顔を合わせていたくはなかったが、ほかに逃げ場もなければ、出て行けと言って追い出せる相手でもない。

(ぼくはさらわれてきたんだ)

「……落ち着いたか」

問われてしぶしぶうなずく。

「……そうか。腹は減っていないか」

「……減ってないけど、食べる」

もうハンガーストライキをする気力もなく、蓮は土鍋の蓋を取った。

初日と同じ、黒っぽい大豆《おおまめ》と白米の炊き合わせだった。

「いただきます……」

椀《わん》によそい、手を合わせて食べ始める。豆のように見えたものは、嚙むと意外に柔らかく、もっちりとして山芋のような粘りと味があった。かすかな塩味とともにご飯によく合っている。

「……これ、なんていうの」

「ムカゴ飯だ。初めて食べるのか?」

うなずいた。

「そうか。……タエの好物だったんだが」

「……前にも聞いた」

「……蓮」

改まった声で呼びかけられて、蓮は顔を上げた。

「俺はおまえの好物を知りたいと思う。タエの好物をおまえに食わせるのではなく、おまえの好きなものを食わせてやりたいと思う」

「…………」

「おまえは無駄だと言うが、俺はやはりおまえのことを知りたいぞ？」

（でもそれは、ぼくがタエの生まれ変わりだからでしょ？）

いじけた自分の思考が嫌になる。

「……ごちそうさま」

椀の中を空にして箸《はし》を置くと、「蓮」とその腕を摑まれた。ゆっくりだが、強い力で白耀の胸に抱き込まれる。

冷たい胸。けれど、広くしっかりしたその胸に抱かれていると、妙にやすらいだ気持ちになってくる。

（これもタエの……）

「蓮……俺にこうされるのはいやか」

嫌ではない。身体はもうしっかり、白耀が与えてくれる快感をおぼえていて、その冷たい身体に馴染《なじ》んでいる。

(ああ、そうか……白耀にとってもぼくの身体は意味があるんだ……)

いくら心はタエにあっても、肌の快感を分かち合えるのは肉体を持つ者同士だ。

(ぼくが唯一、タエに勝てるとしたら、セックスか)

それはそれで虚《むな》しい。

ほ、と溜息をつくと、白耀の腕がゆるんだ。嫌がったのだと勘ちがいされたのかと、蓮はその顔を見上げた。

「蓮」

気分を害したわけではないらしい。とても真剣な眼差《まなざ》しがそこにあった。

「保養所に、もといた場所に、帰りたいか」

「え?」

「もしおまえが……いや、もし、ではないな。おまえは帰りたいのだろう? 親も心配しているだろうとさっきも言っていたな」

「それは……」

蓮は身体を起こして白耀を見つめた。目の前の男がなにを言い出そうとしているのか、見当もつかない。

「おまえが帰りたいなら……帰してやってもいい。ただし、俺と定期的に会うこと。これはゆずれん」

「どういう……」

「考えたのだ。八坂蓮という人間を知るにはどうすればいいのか……。おまえを無理矢理さらってきて、おまえは俺の嫁だと……その、何度もまぐわったが、それではおまえという人間の心を無視してしまうことになるのだろう？」

「…………」

「おまえがタエだった時の記憶を取り戻せばすべてうまくいくと思っていたが……それではダメなのだと、やっと俺もわかったのだ。だから、おまえが戻りたいなら、おまえをもといた場所に帰してやろう」

「…………」

「だが、それで俺との縁が切れると思ってもらっては困る。……いや、おまえがもう本当に、俺の顔など見たくないと言うなら……そんなことは許さん。許さんぞ！　おまえは俺の……いや、悪い」

自分の言葉に自分で怒りだして、さらにあやまってくる男に、唇がゆるむ。

「……顔が見たくないとは思わないけど」

「む。そうか」

「定期的に会うってどういうこと？　ぼくの大学は東京《とうきょう》……昔の江戸《えど》だよ？　白耀が会いに来てくれるの？　それともぼくが檜恵岳に来るの？　数ヵ月に一度がやっとだと思うけど」

「俺が会いにいく」

そっと頬を両手で包まれた。

「風に乗れば江戸などすぐだ。……俺が会いにいく。そしておまえがどんなふうに生活し、なにを思っているのか、なにが好きで、なにが嫌いか、俺に教えてくれ」

蓮は冷たい手に手を重ねた。

(本当にこの人はぼく自身を見てくれようとしているのか)

白耀の想いがうれしい。

胸の奥がぽわっとあたたかくなった……けれど、その時。

『うれしい……』

高く澄んだ可愛い声が耳に響いた。同じように、頬に当てられた白耀の手に手を重ね、うっとりとその顔を見上げる、自分ではない、もうひとりの自分。

『白耀様……』

そして広い胸に、ためらいなく身を寄せる――。

「やッ……」

見たくない、聞きたくない。

蓮は目を閉じ、自分の耳を手で覆った。

「蓮？」

『タエ?』

その瞳を向けられているのは本当に自分なのか。

「もう、いやだ……ッ」

叫んで蓮はうずくまった。


混乱しているのだろうと、白耀は最大限の理解とおだやかさを示してくれた。

本当なら、「俺がこんなに譲歩してやっているのに、どうしておまえは!」とでも怒鳴っているところだろう。

その我慢に付け込むようだったが、

「ひとりにして」

と蓮は繰り返した。

「その……俺は、おまえはおまえとして、大事にしたいと思っているぞ」

最後にその言葉を残して、白耀が消えてからもしばらく、蓮は座り込んだその場所から動けなかった。

どれほど時間がたってからか、ふっと空気が動いた。

「寝るところじゃったかの」

照現がいつものひょうひょうとした顔で現れた。

「いえ……」

「白耀が心配しての。わしに様子を見てきてくれとな。……ほんに神様づかいの荒いヤツじゃ」

「……すみません……」

「タエの記憶が戻ってきておるそうじゃの」

「……まだ、ほんの少しですけど」

「あの頑固者が、記憶が戻ろうが戻るまいがかまわんと言いだしおったわ。……よかったの？」

にこりと顔をのぞき込まれて、蓮は気まずく目をそらした。

「別に……ぼくは……」

「あやつが誰を好きでも関係ないか？」

「………」

蓮は胸元をぎゅっと摑んだ。関係ないと言い切るには、押さえた場所が疼《うず》きすぎる。

「……わからないんです。どこまでがタエのもので、どこからがぼくの心なのか……」

「うむ」

「全部、一緒にしちゃってもいいのかなって思うんですけど……でも、やっぱり……」

「あやつはの……そなたとタエをきちんと分けようとしておるよ？」

確かに、白耀は「おまえ自身のことを知りたい」と言い、蓮が本来の世界に戻ることも認めてくれると言ったけれど……。

「白耀はタエを失っての……その原因がタエが生まれ育った立蔵村《たつくらむら》の民にあったせいで、ずいぶんと人間嫌いになりおってな、わしが止めるまで、春から夏まで半年ものあいだ、立蔵村に雪を降らせ続けたのじゃ」

（その話……）

フィールドワークで立蔵村に赴《おもむ》いた時にガイドから聞いた話が思い出された。疫病が流行《はや》った年に異常気象で夏でも雪が降り続き、村が壊滅的な打撃を受けたと。

「タエが生きておった頃は、ふたりはもっと山の高いところで……白耀の住処《すみか》であった氷の洞《ほら》で暮らしておったのよ。しかし、今そなたはここで寝起きしておるじゃろ？　白耀のやつめ、わしに頭を下げて頼んできおったのじゃ。人間が決して入ってこれぬ場所で、そなたを守ってほしいとな」

「…………」

「そなたにすればこの社《やしろ》に閉じ込められておるわけじゃが、これはこれで、あやつの想いであったのよ。……その白耀がの、そなたがまた人の世で暮らしてもよいと言うたのであろう？　タエはタエ、蓮は蓮だと、あやつは区切りをつけたのじゃと、わしは思うぞ？」

照現が言うように白耀が自分とタエを分けてくれようとしていても、蓮のほうはどこまでがタエで、どこからが自分のものなのか、自分の心を摑みかねているのだ。

（ぼくが、ぼくのほうこそが、しっかりしないといけないいんじゃ……）

蓮ははっと顔を上げた。

「蓮？」

驚く照現の横をすり抜け、違い棚の下の戸袋に飛びつく。あせる手で小さな戸を開き、中から柳行李を引っ張り出した。

「そなた、なにを……」

「このままじゃ、ぼく自身もいつまでたっても、ぐちゃぐちゃしたままだと思うんです……！　タエと白耀のあいだになにがあったのか……タエが男に乱暴されたのも、誰かのもとに帰りたかったのも、ぼくはまだ本当のことがわからないままで……それじゃいやなんです！」

叫びながら行李の蓋を開いた。

古びた和綴じ本を取り出す。白耀はこれが日記だと言っていた。

中を開くと流麗な筆遣いが目に飛び込んできた。読もうと思って目をこらした刹那《せつな》――ぐるりと世界が回転した。高速度で再生される映像のように、さまざまな情景が一挙に流れ込んでくる。

「あ……」

蓮はその場にくずおれた。

＊　＊　＊

気づいた時、蓮は小さな女の子だった。

父は大きくほがらかで、母は優しく美しく、与野川《よのがわ》を見下ろす木立のあいだの家で、蓮はすこやかに育っていた。

「タエ、お水をくんできてね」

家の前の猫の額ほどの畑を、蓮は母とよく手入れをしていた。――幸せな幼少期。

次の場面では蓮は少し大きくなっていた。十歳になるかならず……やたらと雨の音が耳についた。ざあざあざあざあ、降りやまぬ雨の音はすぐ近くの与野川の川音と一緒になって、耳障りで不穏なほどの水音となっている。昼のはずなのに、家の中は明かりが欲しいほどに暗い。

突然、家の戸が開いた。蓑笠《みのかさ》を着けた父が叫ぶ。

「川が溢れる！　上へ逃げろ！」

小さな蓑を着せられた蓮は母に手を引かれて外に飛び出した。村の人々もそれぞれ蓑を着たり、笠をかぶって出てくる。与野川は常より倍以上も太く速い流れとなって、恐ろしい音を立てて流れていた。川面《かわも》が手を伸ばせば届きそうなほど近い。

「上へ！　上へ！」

叫びかわす声に追い立てられるように、蓮も母とともに、坂道を懸命に登る。が、その時、雨音よりも川音よりも、低く、恐ろしい音が響いてきた。湿った苔《こけ》のような匂《にお》いが鼻を突き、地面が揺れたように感じられた直後、先頭のほうからこれも恐ろしい悲鳴が聞こえてきた。

先を歩いていた人々があわててこちらに向かってくる後ろから、バキバキと音立てて大木を薙《な》ぎ倒し、黒い塊のようなものがなだれ落ちてくるのが見えた。

「タエ！」

どこをどう逃げたのか……母に痛いほどに手を引っ張られ、気づいた時、蓮はまるで巨大な蛇がすべてを飲み込むかのように、木々も、家も、畑も、人も、押し流していく泥流を震えながら見下ろしていた。

先導を務めていた父は遺体すら見つからなかった。

次の記憶は、タエの着物を手にした時に見たものと同じだった。

一家の大黒柱を失った母子が大打撃を受けた村で生きていくには、どうしても周囲の助けが必要だった。母子は蓮が次の生贄となって岩屋に入る代わりに、村で暮らしていくことができたのだ。

いよいよ岩屋に入るという日、村長が届けてくれたのは、それまで見たこともないような美しく鮮やかな着物だった。死出の衣装だ。母は泣いていたが、蓮には恐怖心も、己の運命を嘆く気持ちもなかった。自分が神のもとへ赴くことで、あの恐ろしい「蛇抜け」を防ぐことができるなら、神様に村を守ってもらえるなら、それでよかった。

覚悟を決めて岩屋に入った蓮は、静かに真言を唱え続けた。

貧しい村だった。自分が着せてもらったこの着物をあつらえるのに、村人たちがどれほど苦労したのか知っている。みな、神の怒りが怖いのだ。ならば、自分の身を捧げ、神の怒りを鎮めることが、自分ができる恩返しだと蓮は思っていた。

「なにをしている」

暗闇の中でその声を聞いた時、蓮は神が来られたのだと思った。

「娘、生贄か」

声は低く、張りがあり、村の男たちのダミ声とはちがっている。

「はい」

蓮は暗闇の中で平伏した。

「どうぞ、わたしの命と引き換えに、村をお守りくださいませ。お怒りをお鎮めくださいませ」

「娘」

呼びかけられて蓮は顔を上げる。

暗闇に、恐ろしいほどに美しい男が雪のように白い着物に身を包んで立っていた。男は能面のような顔をすーっと蓮に近づけてくる。

「死ぬぞ？　死にたいのか」

「それで、村が守れるなら」

男は表情ひとつ変えぬまま、小首をかしげた。

「……おかしい……おまえをこのままここで死なせるのは……どうにも……いやな心持ちがする」

「でも、わたしはここで、神のお怒りを鎮めねば……」

不思議な男はとまどう蓮を抱き上げた。

「娘、俺はおまえを連れていく」

うむを言わさず、男は蓮を抱え、岩屋をふさぐ大岩小岩を弾《はじ》き飛ばして空へと飛んだ――。

次の場面では氷でできた洞のようなところに、蓮はいた。蓮の前には山の果実や、焼き魚、団子など、美味《おい》しそうなものが並んでいる。

男は……白耀は、やはり能面のような顔で、そのむこうに座っていた。

「なぜ食わん」

「わたしの命は神に捧げられたのです。わたしをあの岩屋に返してください」

「わからぬやつだな。山の神はおまえの命など欲しいともよこせとも思ってはおらんぞ。……なんだ。おかしい……おまえとこうして言い合っておると、なにやら……ここがちりちりする」

無表情のまま、胸を押さえる白耀に、

「わたしが言うことをきかないから、腹が立っているのでしょう」

蓮は冷静に指摘した。

「……腹が立つ……では、この、このあたりがなにやら熱い感じがするのは？」

そう言って、白耀は今度は両耳の上あたりを押さえる。

「それも怒りゆえでしょう。……腹が立つと頭に血がのぼると言いますから」

「……そうか……これが腹が立つということか……」

まるで他人事《ひとごと》のようにつぶやく男の様子がおかしくて、蓮は小さく吹きだした。

「……おかしな人。腹が立つのがどういうことか、わからないなんて」

つい笑ってしまった蓮は、少しだけ大きく目を開き、口も薄く開いた白耀に気づいた。男が初めて見せる、表情の変化だった。

「……なにやら……またおかしいぞ。おまえが笑うと……なんだ、胸の奥がもぞもぞする……俺も、一緒に……笑いたい、のか？　……タエ。もう一度笑え」

「笑えと言われても、おかしくないのに笑えません」

「いいから笑え。……おまえは笑うと……笑った顔のほうがよい。俺はおまえの笑った顔を見ていたい。これはなぜだ？」

聞かれて蓮は少しばかり困る。

「さあ……笑顔は人を幸せにすると言いますから……あと、そういう時、人は『可愛い』という言葉を使います」

「可愛い……」

繰り返した白耀の口元がわずかにゆるみ、目元も優しくなごんだ。

「……そうか。俺はおまえが可愛いのだな」

不思議な力を持つ、氷雪の妖《あやか》し・白耀。彼の初めての微笑に、蓮の胸もまた、初めての高鳴りをおぼえていた。

それでもまだ、食べない、岩屋に戻せと言い張った蓮に、白耀は根負けしたように言ったのだ。

「では、次の生贄が捧げられるまでの五年間、村は俺が守ってやる」

と。

「だからおまえは、俺と暮らせ。おまえといると……なにやら……不思議な感覚ばかりだが、それがどういうことなのか、俺はおまえに教えてほしい」

からかわれているのではないことも、嘘《うそ》を言われているのではないことも、真剣な黒い瞳を見ればわかる。

蓮は白耀と暮らし始めた。喜怒哀楽が本当に理解できていなかったらしい男は、ともに暮らすうちにどんどん表情も言葉も豊かになっていき、蓮がそんな男に愛おしさをおぼえるようになった頃、白耀は真顔で蓮の前に正座した。

「俺と夫婦《めおと》になってくれないか」

真顔といっても、会った頃の無表情とはちがう。緊張も不安もほの見える白耀に、蓮の心臓も、このまま破れてしまうのではないかと思う勢いで大きく速く高鳴る。

「俺は、おまえが、愛《いと》しい。可愛い。ずっとともに、いたい。……おまえと出会うまでの俺は氷同様、凍てついていた。おまえと出会って、初めて……俺は人を好きになるのがどういうことか知り、腹が立つとはどういうことか、うれしいとはどういうことか、知ることができたのだ。タエ……これからは俺の伴侶《はんりょ》として……ともに暮らしてほしい」

うれしかった。

白耀の言葉が、ただただ、うれしかった。

だからうなずいた。

初めての夜、白耀はどこまでも優しく、蓮はその腕の中で愛しい男と結ばれる歓《よろこ》びに震えていた——。

祝言の媒酌人《ばいしやくにん》は、檜恵岳の東斜面を預かる狐神《きつねがみ》・照現が務めてくれた。

障子の外に雲海の広がる照現の社で、ふたりは祝言を挙げたのだった。

白耀は夏でも冬でも雪が残る、山頂から少し下った恵沢湖《えざわこ》の近くに氷の洞を作って住んでいたが、蓮が来てからは剝《む》き出しの氷では冷たかろうと、木々を洞の床に敷き詰め、さらには獣の皮を敷いてくれていた。そこがそのまま、ふたりの住まいとなった。

蓮はその住まいから少しばかり山を下りたところに小さな畑を作り、洞の外で煮炊きをし、時には湖で釣りもして、白耀や照現が持ってきてくれる米や野菜と合わせて、暮らしを立てていた。

——幸せな時だった。

そして、神無月《かんなづき》がきた。その月、神という神は出雲《いずも》の国に集まる。

照現も出かけて行き、留守を頼まれた白耀は、「鬼の居ぬ間に」ではなく「神の居ぬ間に」と暴れだす物《もの》の怪《け》や悪鬼の類《たぐい》を抑えたり、山の気や川の気が荒れぬように、いそがしく飛びまわっていた。そんなある日、畑に出た蓮は見慣れぬ足跡に踏み荒らされ、収穫間近だった作物が根こそぎ持ち去られているのを見て息を飲んだ。人はめったにこんな上のほうまで登ってこないが、誰かに見つかったにちがいない。

あわてて踵《きびす》を返し、洞に戻ろうとした蓮は、しかし、数人の男たちに取り囲まれた。同じ村の男たちだった。

人身御供《ひとみごくう》にされた娘は岩屋の中で死ぬものと決まっていたが、白耀に助け出された時に、白い靄《もや》に包まれて、岩屋をふさいだ大岩小岩をがらがらと崩し、空へと飛んで行く姿を蓮は村人に見られていたのだった。

村では神に捧げられるのは生娘と決まっている。器量よしで知られた蓮が男の毒牙にかからずにすんでいたのはそのおかげだったが、一度神に捧げられ、その後物の怪に連れ去られた娘は、もう禁忌の対象ではなかった。

「もうとっくに物の怪に食われているかと思えば、こんなところで生きていたとは」

「人身御供になると決まっていたから、手を出さずにいてやったのに」

口々に勝手なことを言う男たちに、蓮は山中の炭焼き小屋に連れ込まれた。

帰してほしいと泣いて訴え、そして、力の限りに抵抗した。だが、いったん物の怪に連れ去られた娘を男たちは人間扱いする必要もないと考えたのか……凌辱《りょうじょく》は三日三晩続いた——。


それまで鮮やかに見えていた風景は小屋に連れ込まれたあたりからぼんやりと霞がかかったようになり、ついには真っ暗になって、なにも見えず聞こえずとなった。

その中で、蓮の現実の耳は自分がすすり泣く声と、照現の「大丈夫じゃ。もう三百年も昔のことじゃ。大丈夫じゃ」となだめてくれる声を聞いていた。

「食わんともたんぞ」

「ほら。これはおまえの好物だろう？」

「タエ、一口でいいから食ってくれ」

どこかで聞いた声が、耳の横を素通りしていく……。

自分がどこにいるのか、誰といるのか、蓮にはわからなかった。

時折、すさまじい恐怖心とパニックがやってくる。自分に向かって伸びてくる何本もの手、身体を拓く乱暴な手と、秘所にねじ込まれる凶器、そして泣き叫ぶ女の声。

「……いや……いや……もうやめて……帰して、帰して……いや、もういや……」

「タエ、タエ！　俺だ、白耀だ！　もう大丈夫だ、もう誰も……」

「いやあああッ」

なだめようとしてくれる手が、恐ろしかった。自分に触れてくる手が誰のものかわからず、闇雲な恐怖に襲われて、蓮はその手から逃れようと暴れ、泣きわめく。

「タエ！　なぜ、なぜわからん……！」

記憶が混乱し、狂ったように暴れる自分に、その男もまた、泣いているようだった。悲痛な声。

「もうあいつらはおまえになにもできん。もうこの世にはいないのだ！　タエ、タエ！」

強い力で抱き締められ、「ひ」と喉が鳴る。

怖くて怖くてたまらない。

が――身体に触れる手の冷たさと、強引だが、決して自分を傷つけることのないその動きに、ゆっくりと目の焦点が合ってくる。

「タエ……俺だ。おまえを抱いているのは、俺だ、白耀だ」

「……はく、よう、さま……」

「そうだ、白耀だ!　わかるか、タエ!」

「白耀、さま……」

帰りたかった。ここに帰りたかった。

蓮は白耀の広く冷たい胸に抱き締められて、声を上げて泣きだした。


「――すまなかった」

蓮も心と身体に傷を負ったが、白耀もまた、己を責めていた。

「俺が……もっと早くに戻っていれば、おまえをこんな目に遭わせずにすんだものを……!」

隣の山から照現の留守を狙《ねら》って攻めてきた物の怪たちを食い止めようと、白耀は戦っていたのだった。

「おまえがいなくなって、『心配で心配で気が狂いそう』というのを初めて味わったぞ。あと、なぜおまえから目を離したのかと、そう、自責の念というのか。そういうのもな。取り返しのつかぬことを悔やむ気持ちも……あれは、本当にいやな気持ちのものだな。それから……頭が真っ赤になるような怒り……気がつけば、氷の矢が何本も勝手に走っておったわ。そしてな、こうしてまた、おまえと暮らせる喜びが……おかしいが、前よりも深く、大きいんだ。かけがえがないというのは、こういう感じなのではないか？　うん？　笑っておるのか。……おまえが笑うと、俺もうれしいぞ……」

蓮の身体は元気になった。だが、頭のほうはどうやら時々、誤作動を起こすようになってしまったようだった。

やたらと幸せな感覚にうれしくなったり、かと思えば、申し訳なさが募って、泣けてきたりする。そんな蓮に、白耀はただひたすら、寄り添ってくれていた。

「俺はおまえがいて初めて己の心が動くし、おまえも俺がいなくてはどうにもならん。俺たちは少々いびつだが、よい夫婦だと思わんか？」

「白耀様……」

傷ついた自分をいたわってくれる白耀に、蓮は全身で甘えていた。

しかし、そんな傷を少しずつ癒やしながら大切にしていた幸せさえ、数年しか続かなかった。

村に疫病がはやり、それは人身御供となったにもかかわらず物の怪にさらわれて生きているタエと、そのタエを守るために村の男たちを殺した物の怪のせいだとされたのだ。

やはり神無月のことだった。

手に手に鎌や鍬《くわ》を持った男たちが押し寄せてきた。白耀は「大丈夫だ、ここにいろ」と洞の中にいるように言ってくれたが、男たちの罵声《ばせい》に蓮はたまらず外に飛び出した。白耀を守らねばならない——その時の蓮の頭にはそれしかなかった。


ふっと、また視界が暗くなった。

「死の痛みを、今、そなたが感じることはない」

照現の声とともにふわりと身体が浮くような感覚があり、次に視界が明るくなった時には、白耀と、その腕に抱かれたタエが見えた。

「タエ、タエ……死ぬな……俺を置いて逝《い》くな……タエ……」

「……はくよう、さま……」

見れば白耀とタエの足元には真っ赤な血溜《ちだ》まりができている。タエの顔も蒼白で、唇さえも白い。

「おまえが死んだら、俺はどうすればいい……きっとまた心が凍りついてしまう……タエ……」

「白耀、様……わたしは……必ず、必ず、戻って、きます……あなたの……おそば、へ……かな、ず……だ…ら、ま、て……待ってて、ださ、い……」

最後の力を振り絞った声は切れ切れだ。

「白耀、さ……あい、し、て……す」

白耀様、愛しています、それがタエの最期の言葉だった。

「タエ――ッ」

身を引き千切られるかのような白耀の悲痛な叫びが、雪の原に響きわたった――。

＊　＊　＊

目を開いた時、蓮はぐったりと畳の上に倒れ込んでいた。

「気分はどうじゃ？」

照現がのぞき込んできて、蓮が握り締めたままになっていたタエの日記をそっと取り上げてくれた。

「……悪いです……」

腕をついて身体を起こす。水の中に浮いていた身体が水から上がったとたんにひどく重く感じられるように、四肢が重くて仕方ない。

「望んで魂の記憶を取り戻したというても、実際に体験するのとそう変わらんでの。疲れたであろ」

「あの……ありがとうございます……ついてて、くださって……」

照現が見るものを調整してくれていなければ、疲労はこの比ではなかったはずだ。

「いきなりじゃったからの。わしも驚いたわ」

蓮は震える息をついた。

「……タエは、すごいな……」

照現が「どうした？」というように見てくる。

「……ぼくは、タエとはちがいます……あんな純粋に……白耀のことを好きなわけじゃないし……白耀だって……。なんか、あてられたのかな、ふたりの絆《きずな》に」

笑おうとしてできず、蓮は溜息をついた。

タエと出会って、心の動きをひとつひとつ感じ取り、学んでいった白耀。そしてそんな白耀を愛おしく思い、寄り添い合っていこうと心に決めたタエ。タエが男たちに襲われたあと、白耀がどれだけ献身的にタエの面倒を見たか、少しおかしくなったタエが、どれほど白耀を頼り、甘えていたか……実際の当事者として経験してみれば、ふたりの絆にかなうものはないとさえ感じられる。

「……もう終わったことじゃよ……」

照現が小さくつぶやく。

「そなたはそなたで、白耀と向き合えばよい」

その言葉に蓮は首を横に振った。

「いくら向き合ったって……ぼくには……タエのように、白耀を……愛することはできません」

（白耀も、タエのようにぼくを愛することは、きっとできない）

重い身体を腕で支えるようにして立ち上がり、襖《ふすま》の前まで歩いた。

「蓮……」

あわあわと照現が目を丸くする。

「お世話に、なりました。あの、白耀にも、ごめんなさいって伝えてください」

ぺこりとひとつ、お辞儀をした。

タエの記憶で見た、白耀とタエの祝言はこの部屋で挙げられていた。外の世界につながっているのは障子の外の雲海ではない。

「待つのじゃ……」

照現の声を聞きながら、蓮は色鮮やかに山野が描き出されている襖に肩をぶつけた。一瞬だけ、紙に触れた感触があり、そして、世界が暗転した。

肩から襖《ふすま》にぶつかったせいだろう、蓮はバランスを失って、かさついた落ち葉と湿った土の上にふわりと倒れ込んだ。

〈5〉

照現《しょうげん》の結界から蓮《れん》が戻ってきたのは、立蔵村《たつくらむら》にある、フィールドワーク初日に「度重なる土砂災害にも崩れることのなかった神社」として紹介された神社の裏手だった。

「そういえば……」

神社の名前は「照現神社」だったと思い出す。

夜中に保養所から何者かに連れ去られ、十日ぶりに立蔵村に現れた蓮はすぐさま警察に保護され、愛山《あいざん》市の病院に入院することになった。愛山市のビジネスホテルに連泊して、捜索にも参加してくれていた蓮の母は蓮の無事を泣いて喜んでくれた。

大学からは講師の安藤《あんどう》が飛んできてくれて、やはり無事を喜んでくれた。

蓮は誘拐《ゆうかい》の被害者として捜索されていた。喜びの再会と健康診断のあとは、地元の警察署で事情聴取が待っていた。

どこに、誰といたのか。保養所から蓮を連れ出した人物は見知った相手か、なにが目的だったのか。

善良な一市民として協力したい気持ちはあったが、どの質問にも、蓮は正直に答えることができなかった。

どこに、という質問には、「なんか山の中の……小屋みたいなところで」と答えるしかなく、連れ出したのは見知った人物かという質問には、「いいえ」と答えるしかなく、どんな人間だったのか、目的はなんだったのかという質問には、「あまり顔を見てません。隠していたので……。目的もわかりません。なにも要求はされませんでした」と嘘《うそ》八百を答えるしかなかった。

蓮の誘拐とともに、檜恵岳《ひのえだけ》では前日に見つかった氷のクレバスで眠る男の姿が忽然《こつぜん》と消えたことも騒ぎになっていたようだった。

いったんは、研究グループの一員である蓮の失踪と、貴重な考古学的な資料となるはずの氷人の消失は結びつけて考えられていたという。が、氷の中で眠る男は、それを取り出すための氷を削った跡もなければ、工具を使った形跡もなく、そもそも本当に人が凍っていたのかという議論になったらしい。鮮明に写っている写真データがないこともあって、光の加減で氷の中の凹凸が人間のように見えたのではないかというわけだ。

また、「健康状態の確認のため」と言われて拒否できなかった身体検査で蓮の身体には赤紫色の鬱血《うっけつ》がいくつも見つかり、聞かれた蓮が「合意ではありませんでしたが、訴えません」と答えたことで、蓮の失踪は公的には「誘拐」と発表されたが、実は「性的暴行目的の誘拐」という線で警察の捜査は終了した。

それでも、「日本アルプスの怪異」「檜恵岳で神隠し」「消えた氷人！　誰の手に」と週刊誌やワイドショーではしばらく騒がれていた。

数日にわたる警察の事情聴取のあと、蓮は講師の安藤に付き添われて東京《とうきょう》に戻った。

「大変だったな」

「本当に無事でよかった」

と、大学では誰もが蓮に同情して、無事を喜ぶ言葉をかけるだけで、なにも具体的なことを突っ込まずにいてくれるのがありがたかった。

（白耀《はくよう》は……怒ってるかな。勝手に帰ってきて……）

結局、白耀とは「ひとりにして」と部屋を出て行ってもらったのが最後だった。

『おまえが帰りたいなら……帰してやってもいい。ただし、俺と定期的に会うこと。これはゆずれん』

そう言っていた白耀は、勝手なことをしたと怒っているだろうか。それとも記憶を取り戻した蓮の選択を、「仕方ない」と受け入れてくれているだろうか。「なぜ止めなかった！」と照現を責めていなければいいのだが。

（もし怒ってたら……白耀のことだから、いくら照現さんが止めても、ここに来ちゃいそうだよな。来ないってことは……そういうことなんだろうな……）

カメラには保養所の敷地から撮影した雄大な日本アルプスの山並みも、檜恵岳の山頂も、調査のあいだに撮影した山襞《やまひだ》に残る雪渓も、そして白耀が眠っていたクレバスも、きちんと残っていた。

（ここが恵沢湖《えざわこ》……白耀が眠ってたクレバス……）

甦《よみがえ》ったタエの記憶と、フィールドワークで訪れた地形を重ね合わせると、白耀が眠っていたクレバスはタエと白耀が暮らしていた氷の洞と重なる位置だった。

（あの氷の中で固まってた木々や毛皮は……）

『タエ、冷たくはないか?』

『風邪をひいてはいかん。床の敷物を増やそう』

白耀がタエのために用意したものだったのだ……。

モニターで見ていた檜恵岳の山襞が不意に揺れる。頬《ほお》に熱い雫《しずく》が伝う。

蓮は顔を手で覆って机に伏せた。泣きたくないのに、涙が止まらない。

「うーっ……う、うー……」

（白耀、白耀）

胸の中だけでその名を繰り返す。

声に出して呼ぶことはできない。自分にはその権利はない。

白耀が愛したのは自分ではなく、自分にあるのは、命がけで白耀を愛したタエの記憶だけだ。

さーっと冷たい風が顔を伏せて泣く蓮の上を吹いていく。

「え……」

まさかと思って顔を上げるが、風はカーテンを揺らして消えていくだけ、人の姿になどならない。

「ううう……」

また込み上げてきた涙と嗚咽《おえつ》に、蓮は顔を伏せた。掌《てのひら》が涙で濡《ぬ》れた。


数日がたち、蓮は大学に、バイトにと、出発前と変わらぬ生活を送るようになった。表面上は。

「センパイ、なんか元気なくない？」

ストレートに聞いてきたのはバイト先の後輩である久保田佳奈《くぼたかな》だった。

「……そうかな」

「うん。元気ないよー」

仕事の合間の休憩所で、「奢《おご》ってあげるね」と佳奈は缶コーヒーを差し出してきた。

「誘拐されてたあいだに、なんかひどい目に遭った？」

誰もが、「無事に帰ってこれてよかったな」とか「もう大丈夫か？」とか、気遣いつつ婉曲《えんきょく》な表現でいたわってくれるのに対して、佳奈はどこまでもストレートだった。

だが、直截《ちょくせつ》な表現は避けてくれてはいても、好奇心に目を輝かせている友人、知人たちよりも、そうやって踏み込んでくる佳奈のほうが、蓮には気持ちがよかった。

「うん……」

しかし、実際になにがあったかとは説明しにくい。さらわれていたあいだのことを正直に話しても、信じてもらえるとも思えない。

「佳奈ね、男の人に襲われたことあるの」

「えっ」

突然、切り出されて目が丸くなる。

「最後まではされなかったんだけどね、高校の時。友達と遊んでて遅くなって、うちに帰る途中で、車の中に連れ込まれたの。もう怖くて怖くて……ああいう時、最初は怖すぎて逆に声が出ないんだよ。でも、このままじゃやられるって思って、必死で暴れて、男に目潰《めつぶ》ししたんだ」

「そ、れは……すごいね……とっさに、よく……」

「うん。うち、弟とよく取っ組み合いの喧嘩《けんか》してたから、それがよかったのかも。……でね」

さくさくと話していた佳奈が小首をかしげた。

「今は佳奈、へっきでこれ話せるけど、最初はもう、誰にも言えなかったの。おかしいよね、被害者のほうがなんか悪いことしたみたいに萎縮《いしゅく》しちゃうのって」

「うん」

「でもね、話せないあいだは無理して話すことないと思うんだ。でもね、話せるようになったら、絶対話しちゃったほうがいいよ。そのほうが、あとで絶対ラク！」

断言される。

「……うん。ありがとう」

思いやりがうれしくて、久しぶりに自然に笑顔になれた。

「佳奈ちゃん、優しいね」

（でも、ホントにいつか、話せるようになるのかな）

たとえ話す気になったとしても、誰に話しても信じてもらえないだろうと思う。

（それに、どこから話せばいいのか……）

とても長い話になってしまいそうだった。

子供の頃から雪が好きだった話、雪山に憧れていた話、土砂崩れが怖かった理由。

（あれは……白耀との約束を、ぼくの魂がおぼえていたから……雪が好きだったのも……。あ、そうだ。土砂崩れが怖かったのも、前世の恐怖が残ってて、それで……。研究してなんとか山の災害を防ぎたいって思ってたのも、生贄《いけにえ》になってまで村を守ろうとしてたタエの思いなのかな……それとも、ぼく自身が、あの恐怖を克服したくて望んだことなのかな……）

不思議な気がした。

タエと自分は別の人間なのに、連綿とつながっているものがあるのだ。八坂《やさか》蓮という人間のいろんな要素の、どれが魂の影響で、どれが自分自身が今世《こんせ》で得たものなのか。

（ぼくが男に生まれたのも……）

村の男たちに襲われて味わった無力感と恐怖は、本当に蓮自身が経験したことのようにまざまざと思い出せる。二度とあんな目に遭いたくないと思った自分が男の身を選んだのだとすれば納得できた。

（ぼくは本当に白耀にひどいことを言ったんだなあ……）

さらわれてすぐ、「思い出せ」と襲われた。蓮にとっては力ずくでの暴行だったが、タエの記憶を見た今では、白耀としては無理のないことだったのだとわかる。あれだけ愛し合った相手が数百年ぶりに目の前にいるのだ、「思い出してほしい」「思い出してくれさえすれば」と考えてしまうのは当然のことだし、あれだけ……そう、あれだけ夫婦《めおと》として何夜も甘い夜をすごしていれば、身体さえ重ねればなんとかなると考えてしまったのもうなずける。その上、そうして肌を重ねることでタエの正気を取り戻させたことさえ、白耀にはあったのだ。

（タエを襲ったのは村の男たちだった。タエが帰りたかったのは白耀のもと……）

助け出されたあとも、白耀と男たちの見分けがつかず恐怖に駆られて泣き叫ぶタエを、白耀はなんとか正気に戻そうと必死だった。男たちではない、俺だと、泣きわめくタエを抱き締めていた。

（すまなかったってあやまってくれたのは……タエを守り切れなかったから……タエに無理矢理したことはないのかって聞いた時に否定しなかったのは、正気に戻そうとして抱いた時のこと……）

今になってみれば、白耀の言動のすべてが理解できる。愛して愛してやまぬタエの魂を持つ自分に、責められ、なじられ、白耀はどれだけ苦しかっただろう——。

（あやまるとか……でも、いまさら……）

檜恵岳は遠い。

ふーっと思わず溜息《ためいき》をついてしまったその時、開いたドアから一陣の風が吹いてきた。ひやりとした空気に思わず振り返ったが、やはりそこになつかしい人の面影などない。

「センパイ、そろそろ休憩時間終わるよー」

蓮が黙り込んでしまっていたあいだ、ぽちぽちとスマートフォンを弄《いじ》っていた佳奈が立ち上がる。

「うん」

蓮も缶コーヒーを飲みほして立ち上がった。

研究室では、講師の安藤がなにかと気遣ってくれた。

「卒論の進み具合はどう？　資料集めとか、なんでも相談して」

と声もかけてくれて、ありがたかった。

蓮が元気がないのを気にしてか、食事に誘ってくれたり、気分転換になるようなハイキングに誘ってくれたりもする。

「俺があの時、しっかり八坂君の手を摑《つか》んでいれば」

と、一度ぽろりとこぼしたこともあって、安藤は安藤で、蓮の誘拐事件について申し訳ないと思ってくれているらしかった。

安藤の気持ちはうれしいものの、人と一緒の食事も、檜恵岳とはくらべ物にならないほどの山だとしても今はまだ生々しい記憶に苦しめられそうでハイキングも、蓮はことわり続けていたが、それを聞いてからは逆に申し訳なさをおぼえたのだった。

大学に戻って二週間がすぎる頃、蓮は安藤の誘いに応じて、和食の店を訪れた。

「八坂君は飲める口？　じゃあなんにする？　ここ、地ビールも置いてあるよ」

安藤は明るく闊達《かったつ》に、てきぱきと注文をすませてくれる。

「うん、まずはお疲れ様。……どう？　少しは……落ち着いた？」

ビールのコップをかちんと合わせたあと、安藤はテーブルの向かいから、蓮の目の奥をのぞき込んだ。

「ええ……まあ、多少……」

もう大丈夫です、元気です、と見え透いた嘘はつけない。蓮は苦笑いを返す。

実際、食欲もないままで、眠りも浅い。起きているあいだ中、いくら考えまいとしても白耀とのことを思い出してしまう。

(大事にしてくれていたのに……)

帰ってきてから、蓮は「ムカゴ」について調べてみた。白耀が「好物だろう」と白米と炊き合わせてくれた、黒い豆のようなものだ。調べてみると、ムカゴは豆ではなく、山芋の仲間だった。道理で、とその食味について納得する。ページを目で追っていた蓮はムカゴが秋の食べ物だと知って驚いた。

(秋って……今は春……)

季節も関係なく、ハウス栽培されているようなものではない。どうやって白耀は季節外れのムカゴを手に入れたのだろう。

(そういえば……)

思い出したのは、そのほかにも白耀が用意してくれていた品の数々だ。

鮎《あゆ》の塩焼きや焼き餅《もち》の入っていたぜんざい、その材料も白耀はどうやって調達したのか。タエの好物を蓮も喜ぶだろうと飛びまわったのか。

(いけない)

ついまた、白耀のことを思い出してしまっていた。蓮は目の前の安藤に意識を向ける。

安藤は気遣わしげな、優しい目をしていた。

「……あれだけのことがあったんだ。無理もないよ」

いたわられる。

「あの時、俺がしっかり手を摑んでいれば……八坂君が怖い思いをすることもなかったのに」

「あの……そのことですけど……」

今日はそれを言うために、安藤の誘いに乗ったのだ。蓮は真顔で切り出した。

「ぼくがさらわれた時のこと……あれは、本当に不可抗力だったんです。安藤さんのせいなんかじゃないです。だからもう、気にしないでください」

「不可抗力」

つぶやいて、安藤は「八坂君」とやはり真顔になった。

「警察では最終的に、見知らぬ男が窓を破って君を連れ去ったという話になったけれど、本当はちがうよね？　闇の中ではっきりとは見えなかったけれど、君を抱きかかえて宙に浮いた男は……氷の中にいた男にそっくりだった。白い着物で、長い黒髪で……そのあと、男は霧みたいな気体になって、君を連れ去ったんだ。ちがう？」

「……あの……さらわれた時のことは、よく、おぼえてなくて……」

それについては、もう嘘を突き通すことに決めている。

「そのあとのことも……男はずっとマスクをしてて、顔は、見えなくて……」

「……マスクをしてても、キスマークはつけられたんだ」

安藤のつぶやきに蓮はぎょっとして顔を上げた。

「……ごめん。見るつもりはなかったんだけど、病院で……」

白耀につけられた愛撫《あいぶ》のあとは首筋や胸元にいくつも残っていた。病院で借りた病衣の襟《えり》では隠しきれていなかったようだった。

「…………」

「思い出したくないなら、無理に思い出さなくていい。だけど、もし、君が誰かをかばってるなら……。いや、仲間を疑うわけじゃないけど、あの氷の男を見たのは俺たちだけだろ？　誰かがあの格好を真似《まね》て君をさらって、君がその誰かをかばってるなら……」

「ち、ち、」

蓮は大あわてで顔の前で手を振った。

「ちがいます！　ちがいます！　そんな、誰かが真似てとか……ないです！」

「……顔は見えてないのに、どうしてそう言い切れるの」

冷静に切り返されて、脇の下をたらりと嫌な汗が流れる。

「……あ……」

「八坂君。ちがうんだ」

うろたえていると、安藤は安心させようというのか、笑顔になった。

「俺は君を追い詰めたいわけでも、責めてるわけでもないんだ。ただ……ただ、もし君が犯人をかばっているなら……俺はあきらめなきゃいけないなと思って」

「あ……？」

いきなり文脈のちがう言葉が出てきて、蓮は目を見開いた。

安藤は少し照れたように眉《まゆ》の横を掻《か》いた。

「八坂君、俺とつきあわないか？」

「は？　え……？」

思わずまじまじと安藤の顔を見つめてしまう。

「もともと君のことは可愛《かわい》いなと思ってて……その、好みのタイプなんだ」

そこまで言われて、本当に今、自分が交際を申し込まれているのだと理解できた。

「君の不幸に付け込むみたいで……このタイミングで言うのはどうかと思ったんだけど、でも、君が今、苦しい思いをしているなら、少しでも助けになりたいんだ」

「……あの……」

なんと言ってことわろう。

ことわることは瞬時に決まっていて、蓮はそのセリフをどうしようか迷う。

「どう？　俺とつきあってくれない？」

「あ、あの……ありがたいお話ですけど……」

にゅっと安藤の手が伸びてきた。テーブルの端に置いていた手を掴まれる。

「悪い話じゃないと思うけど。君も同類なんだろう?」

蓮はまじまじと安藤を見つめ返した。その口元に浮かんだ笑みはどこか下衆《げす》っぽい。

『物《もの》の怪《け》にやらせとるならええじゃないか』

そう言って笑った村の男たちのいやらしい笑みと、目の前の男の笑みがダブる。

ぞくっと背筋に悪寒が走り、鳥肌が立った。

蓮は安藤の手から手を引き抜いた。

「……ごめんなさい。でも、ぼくのタイプは安藤さんじゃないんです」

きっぱりとことわりの言葉を口にする。

「……へえ」

安藤の顔から笑みが消えた。

「じゃあどういうのがタイプなの。なんだかんだ言って男にやらせてるくせに、えらくお高く止まるんだな」

震えがくるほどの怒りをおぼえて、蓮は拳《こぶし》を握る。

「……やらせてるとか……そういう言い方、下品ですよ」

つとめて冷静に言って立ち上がった。震える手でカバンの中から財布を出して、テーブルに

千円札を数枚置く。

「……今日は、誘っていただいて、ありがとうございました……失礼します」

後ろも見ずに足早に立ち去る。

(あんな言い方……あんな人だなんて……)

しばらくは安藤の言葉に腹が立つばかりだったが、部屋に帰り着く頃には、蓮は沈み切っていた。

こうして東京に戻ってきてから、何度か冷たい風がさあっと吹きすぎていくのを感じて、そのたび、白耀がいるのかと期待して風の行方を目で追った。期待はいつも裏切られ、風は風でしかなかったが、それでもどこかで、白耀が自分の周囲にいてくれるのではないかと淡い期待を捨て切れずにいた。

しかし。

(安藤さんに交際申し込まれて、手を握られて、それであんな失礼なこと言われたのに……)

グラスが割れることもなく、安藤の手につららが刺さることもなかった。

(やっぱり……風は気のせいで……白耀はぼくのそばになんか……)

やはりいなかったのだと思うと、胸が引き絞られるように痛んだ。

夕飯はほんの一口、ビールを口にしただけだったが、食欲はまるでなかった。カバンを放り出し、蓮はベッドに倒れ込んだ。

（いくら……魂を見るの、核は同じだの言ったって……全然ちがう人間を、変わらず愛せるわけない……）

頭ではわかっていても、心の痛みはおさまらない。

（……でも……タエほどじゃなくても……もといた世界でぼくがなにを好きか、どう生活してるのか、知りたいとか言ってくれたのに……帰らせてやるけど、俺と定期的に会えとか言ってくれたじゃないか……）

（それなのに、ぼくが勝手に戻ってきちゃったから）

（じゃあ、ぼくが勝手に帰るんじゃなくて白耀に頼んで帰ってきていたら、そしたら、今でも白耀はぼくのそばにいてくれたんだろうか。時々は様子を見にきたりしてくれたんだろうか）

ふっと、光のように胸の奥に差し込む思いがあった。

（タエはタエとして、ぼくはぼくとして）

「あ」

思わず声が出た。

（タエはタエ、ぼくはぼく……タエほどじゃなくたって、白耀はぼくと向き合おうとしてくれたんだ。同じようにぼくだって、タエほどじゃなくても、白耀のことを好きでいてもいいんじゃ……）

ふたりの絆《きずな》に、自分なんかとてもかなわないと感じてしまった。けれど、ふたりの絆は絆として、新たに、自分と白耀の絆を結んでいくことはできたはずだったと、蓮は初めて気づく。

(だって、そうだよ。ぼくだって……)

雪や雪山が好きなのも、土砂災害の被害をなんとか食い止めたいと願ったのも、男性が怖かったのも、山で誰かが待ってくれているように感じて山登りがしたかったのも、もしかしたら、可愛いものが好きなのも、みんな、タエの影響かもしれないけれど、それでも、蓮自身が「好きなこと」「したいこと」「怖いこと」にちがいない。

「ぼくは、ぼくとして……」

白耀が好きだ。白耀に今ここにいてほしい。

「……いまごろ、気づいたって」

もう遅い。

蓮はシーツを握り締めて呻《うめ》いた。


そのブログと画像を見つけたのは、梅雨《つゆ》にはまだ早いのに、しとしとと降り続いた長雨がようやく上がった日のことだった。

自分は自分として白耀を好きでもいいじゃないかと気づいてから、蓮の中ではもう一度檜恵岳を訪れたい気持ちと、訪れたところで白耀に歓迎されないのではないかという恐れが拮抗《きっこう》していた。時には「行きたいんだから行っちゃえばいいんだ」と、行く気持ちのほうがまさり、時には「白耀にその気持ちがあれば向こうから来てくれてるはずなのに、来ないってことはそれが答えなんだから」と、怖《お》じる気持ちのほうがまさる。

どちらとも結論を出しかねて悶々《もんもん》としていた蓮の日課は「檜恵岳」で検索をかけて、ネットで檜恵岳の画像や情報を漁《あさ》ることになっている。そのブログと画像も、もう習慣のようにしてかけたその夜の検索で見つけたものだった。

蓮と同じように、登山が趣味の大学生のブログには、『檜恵岳来たよ!』というタイトルで、見覚えのある保養所の写真のほか、登山途中の景色などがアップされていた。

『雨のせいかな。川やばい』

というコメント付きで、与野川《よのがわ》が勢いよく流れる写真もあった。確かに水量は増しているようだが、まだ河原も見える。五分後にはどうなっているかわからないのが山間《やまあい》を流れる川の怖さだが、檜恵岳のほうの雨も昨夜には上がっていたらしいし、大丈夫だろう。

その大学生は保養所から恵沢湖まで、蓮たちと同じルートで登ったらしい。なつかしさと痛さが混ざった複雑な気分で、蓮は見覚えある風景が並ぶ画像をスクロールしていった。

ふと手が止まったのは、

『泉発見』

とコメントがついた、岩場の溜まり水の写真だった。本人のピース写真とともに写っているそれは直径が一メートルはありそうだ。泉と言うが、その水は濁っている。

（こんな泉、あったっけ）

妙に胸がざわめいた。嫌な感じだ。

前後の写真から考えて、それは恵沢湖付近なのはまちがいない。

『檜恵岳、いいですね！　ところでその泉の写真はどこで撮られたものですか？　恵沢湖の近くですか？』

ブログについたコメント機能を利用して、蓮はブログ主に質問を送ってみた。

九時頃に送った質問には、寝る前に返信がついていた。

『そうです。恵沢湖の西側からちょっと下ったあたり。写ってないけど、下からぶくぶく湧《わ》いてましたよ』

もう一度写真をよく見ると、泉の写真の背景に木々の緑が入っている。

（恵沢湖の西側で、ガレ場と森の境目あたりか）

フィールドワークで訪れた時に、与野川となる細い水流の西側にちょろちょろと流れていたか細い水の線があった。確かそちらの流れは途中で途切れていたはずだ。

（伏流水だったものが、この雨で地表に噴き出たのか）

与野川も水量が増している。目に見える川の増水は把握しやすいが、地下の水の動きは把握しづらい。

（この泉はこれからもっと大きくなるんだろうか。大きくなったらなったで、天然ダムの崩壊は土石流の原因のひとつだけど……もし、大量の伏流水があって、泉はそれがほんの少し、噴き出ただけのものだったとしたら、もっと下流で一挙に噴き出る可能性もある）

考えれば考えるほど、胸の嫌なざわめきが大きくなる。

（そういえば、あの時――）

タエが幼い頃、村を押し流した土石流は与野川の増水のせいで起こったものではなかった。村の東側を流れる与野川の氾濫《はんらん》を恐れて、村人たちが西側の斜面を登っている時に、タエの父親は荒れ狂う大蛇のような土石流に飲まれたのだ。

（あの土石流は村の西側から襲ってきたんだ）

蓮は部屋の隅に押し込んだままになっていたフィールドワークに持って行ったリュックを引っ張り出した。洗い物や洗面道具などは片付けたが、資料や登山道具などはついそのままにしてしまっていた。

檜恵岳の標高図を広げる。

山頂から恵沢湖、与野川、立蔵村を指でたどる。同じように恵沢湖の西側から立蔵村の西斜面にかけて指でたどると、その勾配《こうばい》が急なのがわかる。

（地表に噴出した伏流水がこの勾配を一気に流れ落ちたら……）

想像してぞっとした。

さらに資料の中から、立蔵村を訪れた時に役場の人からもらった「蛇抜け」の記録を取り出す。

「宝永《ほうえい》四年九月、一七〇七年……土石流により村は壊滅的な打撃を受け、数軒の家が残るのみとなり……」

タエと白耀が出会ったのは三百年前と聞いている。この江戸時代の土石流が、タエの目に焼き付いた恐ろしい泥流の記憶のものか。

もらった資料は土砂災害のことだけに絞られているが、案内役だった役場の人の話ではこの数年後、村では疫病がはやり、夏まで雪が降り続く異常気象があったという——村で疫病がはやったのは人身御供《ひとみごくう》のはずのタエが物の怪などと暮らしているせいだとされて、恨んだ村人たちにタエは殺された。その後、白耀は怒り狂ったのか……。

気づけば息を止めていて、蓮は息苦しくなって大きく息をついた。

資料の整理を後回しにしていたのは、白耀のことを思い出したくなかったせいもあるが、こうして、歴史的な事実として伝えられていることとタエの記憶が符合してしまうのが怖かったせいでもあった。自分の前世として見たものは、もしかしたら夢か幻だったかもしれないと思いたい気持ちがどこかにあった。

しかし今、蓮は目をそむけていた立蔵村の歴史に向き合っていた。

「嘉永《かえい》三年八月、一八五〇年、土石流により与野川は土砂で埋まり、川沿いの家々が押し流された……」

昔の記録だから仕方なかったが、年月日と土石流の事実は記されているが、その土石流がどの方角から押し寄せてきたものなのか、その前後の気象はどうだったのか、蓮が今知りたいことは記されていない。

大正《たいしょう》時代にも一度、立蔵村は土石流に襲われているが、その時は台風による豪雨のあと、与野川の流れが止まり、その後、一気に谷間を埋め尽くす勢いで土砂が流れてきたとある。

昭和《しょうわ》初期の大規模な土石流も、大正時代のものとよく似た条件で、与野川に沿って起きていたようだ。

だが、確かに一度、おそらくは一七〇七年、立蔵村は与野川からではなく西の斜面からの土石流に襲われているのだ。

折しも、天気予報では週末からまた天気が崩れると伝えている。

(明日、朝一番で岡本《おかもと》教授にこのブログと資料のことを伝えよう)

心に決めて、蓮はベッドに入った。

講義の合間に研究室でようやくつかまえた岡本教授は、しかし、蓮の話にも、タブレットで見せた湧水《わきみず》の画像にもさして興味を示してはくれなかった。

「いやあ……確かに、水が湧いてるってことは地下に水が流れてるってことだけども、それだけで土石流の被害に結びつけるわけにはねえ」

「でも、週末からまた雨が……」

「それに与野川なら、今は定点カメラで水量が監視されてるからね。危険水域に達したら、避難勧告か避難準備勧告か、すぐに出るよ」

「だから与野川じゃなくて……」

「なんだかんだ言って」

大きな声で割って入ってきたのは安藤だった。例の一件以来、安藤は表面上はにこやかだが、蓮に対する時、目が笑っていない。

「八坂君、また檜恵岳行きたいだけじゃないの？　逆に思い出になっちゃってたりして」

冗談めかしているが、誘拐事件のことを当てこすられる。

「その節はお世話になりました」

嫌味には気づかぬフリで頭を下げ、蓮はすぐに岡本教授に向き直った。

「でも、あの、見てください！　恵沢湖から西側、立蔵村に対して傾斜が急になってます！もしここで伏流水が一気に噴出したら……」

「記録があるの？」

痛いところを突かれる。

「あそこ、大正時代にも与野川上流の天然ダムが決壊して土石流が起きてるけれど、西側からっていうのは……記録があるの？」

「……記録は……あの、探せば……」

記録はなくても記憶はある。だが、ここで「前世の記憶」を持ち出しても笑われるだけだ。

「じゃあまず、記録を探してきて」

「あ、はい……でも、こうしてもう、湧水が出てるってことは、けっこう危険な状況なんじゃないかなって……」

「なんじゃないか」

また安藤が口を挟んできた。

「類推で避難勧告とか出せないでしょ。ね、先生」

「そういうことだね」

「でも……！」

蓮がさらに危険性を訴えようとしたところでチャイムが鳴った。

「はい、じゃあこの話はこれまで。八坂君、記録を探してごらん。君の卒論にもいい材料になると思うよ？」

にこやかに、けれどきっぱりと蓮の話は打ち切られた。

確かに、記録もデータも蓮にはない。「危ないかもしれない」というだけでは人は動かせない。

（なにもないかもしれない。百年に一度、あるかないかの現象かもしれないし、あの湧水はそんなに大きな変化じゃないかもしれない）

そう自分に言い聞かせてもみたが、胸騒ぎはおさまらなかった。

どうしようと迷った末に、蓮は週末、もう一度檜恵岳を訪れてみることにした。土曜から日曜にかけて中部地方の山間部に大雨情報が出たことも、蓮の背中を押した。

今度はひとりきりで檜恵岳に向かう早朝の電車の中で、蓮はなにか新しい情報はないかとタブレットを操作していたが、特別、目を引かれるものはなかった。

（無駄足かもしれない）

それでもいいと思う。現地の様子をこの目で確かめて、納得できればそれでいい。

（これはやっぱり、タエの記憶の……ぼくの中のタエのせいなのかな。まだ今でもぼくは、生贄になった時と同じように、村を救うためなら自分が犠牲になってもいいって思ってんのかな）

「いや」

声に出して小さくつぶやく。

あの恐ろしい蛇抜けが起こらないようにするためならばと自分を犠牲にしてもと考えたタエは立派だし、まだ科学の知恵がそこまではなかった時代に、神仏に生贄を捧げて安全を祈った人々の思いも理解はできる。だが今は、観測と避難という方法がある。

（ぼくも犠牲にならないし、村の人も犠牲にならない）

そのために行くのだ。

村の安全を願う気持ちはタエのものでも、実際にどう動くかは蓮自身が決められる。

うん、と蓮はひとりうなずく。

（だけど、ぼくが檜恵岳に行きたいのは……立蔵村のためだけ……かな……）

もしかしたら、白耀に会えるかもしれない――その期待がないと言えば嘘だ。

タエの想いかもしれない、けれど、白耀への想いは今、生きている自分の中にも確かにある。

白耀が好きなのはタエであって自分ではなく、その証拠に、東京に戻った自分に会いに来てくれないじゃないかという悲しい気持ちは消えないが、檜恵岳に戻ってもう一度白耀に会いたいという気持ちのほうが今は強い。

（ぼくは土石流の心配をいい理由にしてるだけかもしれない）

物思いに揺れる蓮を乗せて、列車は内陸部へとひた走っていた。

〈6〉

駅前からバスに乗り、蓮《れん》は立蔵村《たつくらむら》へと向かった。

予報通り、重い雲が垂れ込め今にも降りだしそうな空を睨《にら》みつつ、急ぎ足で登山道へと向かう。本当なら大雨前の登山計画書提出は日程を変更するように説得されたかもしれないが、一ヵ月前の大学の調査団のひとりであることを書き添えたためか、山頂まではなく、八合目あたりまでの日帰り調査であるとしたためか、すんなりと受理された。

あらかじめカッパを着込み、雨が降りだしても体温が奪われないようにしっかりと備えて、蓮は恵沢湖《えざわこ》を目指した。

蓮が湖に着いた午後になって、とうとう雨が降りだした。

先日の長雨で明らかに水量が増している恵沢湖から、与野川《よのがわ》源流の細い水流は、以前フィールドワークで見た時とはくらべ物にならない太さで奔《はし》っている。

一応、記録の写真を撮り、蓮は湖の西側へとまわった。蓮が気になったガレ場を流れるもう一本の水流は、やはり太さも速さも増していたが、驚いたのは、ブログで見た湧水のほうだった。ガレ場の端に生じた湧水による濁った泉は、もう池と呼びたいほどの大きさになっていたのだ。

足をすべらせないように用心しつつ、池の周囲を測り、持ってきたトレッキングポールで水深のあたりをつけた。深さはそれほどでもなく、池の山裾側からは幾筋か、水が流れ落ちる道もできている。

（一気に決壊って規模ではないか……水路もできてるし、とりあえずここはこのままで大丈夫か？）

だが、心配なのは伏流水のほうだった。

（これだけ地表に噴出して、逆に地中は減ってればいいんだけど）

よく見ると、その湧水の下から、生い茂る草に隠されて獣道らしき道が延びていた。

（どうしよう）

登山客用に整備された登山道ではない道を使うのは危険だ。特にこんな雨天で、足元も危うい時はなおさらだ。地形図で見たように、恵沢湖から西側のルートは傾斜もきつい。

（でももし、土石流が起こるとしたら、このルート上のはず）

褒《ほ》められたことではないのは百も承知だったが、蓮は思い切ってその獣道へと足を踏み入れた。

一歩ごとに足場を確認しつつ、慎重に下りる。それでも何度かぬるつく落葉に足を取られそうになった。

その音は最初、雨音に聞こえた。ざあざあと水が落ちる音。

(雨がまた激しくなった?)

だが、視界を邪魔する雨粒も、カッパを叩《たた》く雨足も、それほど変化はない。

(滝?)

そう思った瞬間、背中にぞっと悪寒が走った。こんなところに川があったか?

蓮は音を頼りに、木の根や枝に摑まりながら、頭上へと続く急な斜面をよじ登ってみた。何度もずるずるとすべり落ち、そのたび、からからと小石や土の塊が下に落ちる。

(このあたりの地盤、相当にゆるんでる)

斜面の上に出たところで、思わず蓮は声を上げた。

蓮がよじ登った山襞から、前方はゆるやかに下降して眼下に沢らしきものが見えた。問題はその沢の山頂側の斜面で、山肌がごっそりとこそげ落ちて小高い崖のようになり、さらにはその崖の中央から勢いよく水が噴出していたのだ。

「やばい……」

剝《む》き出しになった崖はどうやらまだ土が新しいようだった。つい最近崩落したのだとしたら、相当にまずい。

とにかく急いで知らせねばとスマートホンを取り出してみたが、電波が届いていなかった。

「やばい……やばいよ、やばい」

小声で繰り返して、蓮はよじ登ってきた斜面をすべり降りた。泥だらけになったが、かまってはいられない。

水量がさらに増し、崖崩れがさらに大きくなったら、立蔵村はどうなるのか。

蓮は何度も転びつつ、下山を急いだ。途中、本来の登山道が見えてきて、多少、足元が楽になる。

立蔵村に着き、アスファルトを踏んだとたん、蓮は走り出した。もう電話をかけているより、走ったほうが速い。

村役場に駆け込み、「防災課は！」と叫んだ。蓮の泥だらけのカッパ姿に役場の人々が驚いたように見てくる。

「君、この前の学生さん？」

フィールドワークで案内役をしてくれた職員が気づいて出てきてくれた。

「あの、あの、まずいんです！」

立蔵村に与野川からではなく西側からの土石流の危険があること、恵沢湖の西側に伏流水の噴出と思われる溜まり水ができていること、恵沢湖から一キロほど下った地点で、伏流水の噴出によると思われる崖の崩落箇所があること、さらに雨が降れば危険が増すことを、蓮はできるだけ筋道を立てて、職員に説明した。

しかし、職員の反応ははかばかしくなかった。

「……うーん……それだけですぐに土石流とは……だいたい、西側からの土石流って、記録にもないし」

「だから……！　たぶん、西側からの土石流は三百年前のものが最後だと思うんです。そのあとの被害はみんな与野川のほうからで……でも、だからって、西側の危険や可能性がゼロなわけではなくて……」

「うんうん、可能性としてはね。でもねー……」

「あの、これ見てください！」

撮ってきた写真を見せても、職員は首をひねるばかりだ。

「うーん、まあ……危険といえば危険かもしれないけど……今、課長に話してくるから。君はちょっとここで待っててくれる？　あ、濡れたものは大丈夫？　タオル、持ってくるように言っておくね」

親切はありがたかったが、今はそれどころじゃないのにと蓮は足踏みする。

「あの、課長さんのところ、ぼくも行きますから……」

「いやいや、君はまず、濡れたもの脱いで綺麗《きれい》にしてて。ね」

確かに身体中、泥だらけだ。蓮ははやる気持ちを抑えて、言われた通り、濡れたカッパを脱ぎ、別の職員が持ってきてくれたタオルで汚れた顔や手を拭《ふ》いた。しかし、蓮が拭き終わっても、職員は戻ってこない。

　ようやく課長が会うからと通されたのは小さな面談室のようなところで、そこでさっきと同じ説明を繰り返したが、やはり反応は変わらなかった。

「だから急いで避難指示を……！」

「いやいや」

　勢い込む蓮を笑うように手を振る。

「君、避難指示ってえらいことなんだよ？　避難勧告とちがってね、差し迫った明らかな危険がないとね……もういろんなことが止まっちゃうわけだよ、避難指示っていうのは」

「じゃ、じゃあ、避難勧告、ですか？　そっちでもいいですから、とにかく早く……」

「そっちでもいいって言われてもねえ……」

「危ないんです！　本当に……！」

「うーん……じゃあ、今、部長に話してくるから……」


　蓮が役場を出た時には、もう夕方の五時をまわっていた。結局、四人の人間に同じことを説明させられたが、なんの成果も得られなかった。

　最初の職員の、

「与野川は定点カメラできちんと監視してるから、大丈夫だよ」

という見当ちがいの慰めをもらって、蓮は役場の玄関まで連れてこられた。

「じゃあ気をつけて帰ってね。駅への最後のバスは六時だから乗り逃さないようにね」

さっさと帰れと言外に匂《にお》わされて、蓮は無力感と徒労感を嚙《か》み締めて玄関を出た。

(このままぼくはなにもできないのか?)

溜息が出た。

前世では生贄となって村の安全を祈って神に捧げられた。村を守るためなのだと、胸を張って岩屋の暗闇に入って行ったタエの心は……。

(神?)

はっとして蓮は顔を上げた。村を見下ろす高台を、そこにある照現神社を目指して走りだす。

鳥居をくぐり、境内を走り抜け、蓮は格子のはまったお社《やしろ》の戸を叩いた。

「照現《しょうげん》さん! 照現さん! ぼくです、蓮です! 照現さん!」

大声で何度も呼ぶが、お社の奥はシンと静まったままだ。

「照現さん!」

「——じいさんなら留守だぞ」

不意に後ろからなつかしい声がした。はっと振り返る。

白耀《はくよう》だった。

白耀が立っていた。

もう暗い境内に、やはりくっきりと姿が見える。

「はく……」

なつかしい……。なつかしさだけではない、その姿を見ただけで胸が高鳴った。

「おまえは本当に可愛げがないな」

だが、なつかしさに胸がキュンとしているのは、どうやら蓮のほうだけらしい。白耀のほうは眉間《みけん》にうっすらと縦皺《じわ》を刻み、口元は下がっている。

「いきなりそうくる……」

「そうだろう！　おまえはなにがあっても俺を呼ばん！　なぜ山を見て泣く時に俺を呼ばん！　変な男に言い寄られた時にでも、一言ぐらい俺の名を出せばよかろう！　山の様子が気になるなら、なぜ一言、『白耀様、お願い』と言えんのだ！　ようやく山に帰ってきたと思ったら、そこでも意地でも俺を呼ばん！　あげくにじいさんばかり呼びおって！　おまえは本当に頑固だな！」

いきなりの怒鳴り声よりも、その言葉に驚いて、蓮は目を丸くした。

「え……なに……ずっと……ずっと、ぼくのこと見てたの……？」

「嫁がなにをしているか、気にならん夫がいるか」

嫁。夫。最初はそう言われるのが嫌でたまらなかった言葉が、今はうれしくて仕方ない。まだ「嫁」と呼んでくれるのかと思うと、それだけで全身の力が抜けそうなほどほっとした。

「でも……じゃあなんで、姿を見せてくれなかったの」

「おまえが俺を呼ばんからだ」

当然のように言われる。

「だって……いるなんて知らないし……」

「……おまえが勝手に、そうだ、勝手にだ、もとの世界に戻ったのだ。俺にひとことの挨拶《あいさつ》もことわりもなく。……それなのに呼ばれもしないのに俺が姿を見せてみろ。……夫として、みっともないだろう、それは」

「…………」

どっちが頑固者だよと思う。思うが声が出なかった。

熱いものが目から溢《あふ》れだして、蓮は顔を覆うとしゃがみ込んだ。

「どうした」

さっきまで少し離れたところにいたのに、すぐそばから声がした。

「――うれしい」

「…………」

顔を手で覆ったまま、小声で続けた。

「うれしい……また、会えて……ずっとそばに、いてくれて……」

無言のまま、冷たい胸に頭を抱き寄せられた。

「……そう、素直に……言っておればよいのだ……」

傲慢《ごうまん》なセリフだったが、口調はいたわるように優しい。

(このまま……)

もう一度、あの社の中の、閉じられた部屋に連れて行ってもらいたくなる。そこで、タエの記憶を取り戻したこと、けれど、それでも自分とタエはちがう人間であること、その上で、自分は白耀が好きなこと、すべて伝えて、そして、できれば、白耀の腕に抱かれてその愛撫《あいぶ》に酔いしれたい——。

(ダメだ。時間がない)

蓮は名残《なごり》惜しい気持ちを押し殺して、白耀の胸から顔を上げた。

「白耀……ぼくのこと、ずっと見てたの？」

「厠《かわや》と湯浴みはのぞいておらんぞ？」

「……なら、ぼくがなにをしにここに戻ってきたか、わかるよね？」

「おーわかるわかる」

白耀の目に意地の悪い光が宿った。なにか言われる、と身構える間もなく、

「役場の人間にまともに相手にされん、みじめな気持を味わいに来たのだな」

「立蔵村が危ないんじゃないかと思うんだ」

「そうだ。今宵《こよい》の宿はどうするつもりだ？　帰りのバスが間もなく出るのではないか？」

「……白耀」

「知らん」

「お願いだから」

「……おまえは正気か？」

苛立《いらだ》ちのあらわになった口調で白耀が聞き返してくる。

「あの村の人間に、前世、どんな目に遭わされたのか、思い出したんだろう」

「思い出したけど、でもそれは……」

「おまえが、あの村が土砂に押し流されるところを見たいと言うなら、喜んで一番いい場所を用意してやろう」

あまりの言葉に蓮は絶句したが、

「なにがいかん」

白耀はその反応が気に入らないかのように眉間に皺を刻んだ。

「あやつらの子孫が住む村だ。どうなろうと知ったことか」

吐き捨てる。

「……そうだよ、子孫か……全然別の場所から、たまたまここに来た新しい人たちだよ。あの時代の人は、もう誰ひとり残ってない。もうみんな、死んでるよ」

「…………」

「今、あの村に住んでるのは、あの時代の、あの人たちじゃない。だから……」

「ああ、別人だ。それならなおのこと、おまえにも俺にも、縁もゆかりもないわけだ」

「白耀！」

　冷たい目が蓮を見据える。

「理屈ではおまえの言う通りだろう。だが、あの村に住んでいる人間を、俺は助けたいとは思わん」

「……見殺しにするっていうの」

　その言葉に白耀は、軽く肩をすくめた。

「じいさんならいざ知らず……蛇抜けの勢いを止める力など、俺にはない」

「でも、でも、タエには五年間、村を守ってやるって言ったよね⁉」

「……ここまで土がゆるみ、ここまで水が溜まる前ならばな、俺にも打てる手があるからな」

「…………」

「おい。俺の力が弱いわけではないぞ！　俺が弱いわけではないが、すでに力を蓄え荒ぶっている水の妖《あやか》しと地の妖し相手では分が悪すぎるというだけだ。それに大量の水が土砂や石、木々まですべてを巻き込んで流れ落ちる勢いは凄《すさ》まじい。……神であるじいさんでも、いったん起こった蛇抜けを止めるのはむずかしいだろう」

「……じゃあ……あの……あ、そうだ、たとえば大雪を降らせて村の人を避難させるとか

「……」

土石流を止めることはできなくても、人々を避難させておくことができればと身を乗り出した蓮に、白耀はすげなく首を振った。

「だから言ってるだろう。俺はあの村の人間を助けてやりたくないと」

「でも……」

「俺の嫁を襲い、正気を失わせ、さらには嫁の命まで奪った……七代のちまで祟《たた》っても、まだ足りんわ」

白耀の恨みの深さを、その声の暗さに聞きとって、蓮はうつむいた。

「でも……でも、ぼくは生きてるよ?」

村を助けたいだけではない、その恨みを手放してほしくて、懸命に言葉を探す。

「こうしてまた、白耀と会えて……そりゃ、タエのままの身体でもないし、別の身体で別の人生だけど……でも、こうしてまた新しく始められたじゃないか! それじゃ、ダメなの? 村の人だってそうだよ。全然別の、新しい人たちで、ぼくもそうで……だから……」

ぽんと白耀の手が頭に乗せられた。もういいと言われているようだった。

「……タエは、岩屋に閉じ込められても、それで村が救えるならと村人を恨んだりはしていなかった。男たちにさらわれて……好き勝手にされても、俺に村のやつらを滅ぼせとは決して言わなかった。……死ぬ時もな。この恨み、晴らさずにおくものかとは、思いもしなかったのだろう」

「………」

「だが、おまえが許せても、俺は許せん」

「白耀！」

「悪く思うな」

これ以上の言い合いは無用だというのか、白耀の姿は白い霧になり、すぐに消えた。

「は、話し合いも拒否するとか……最低！」

大声で叫んでみたが、白耀はもう姿を現さなかった。


いつの間にか周囲は真っ暗になっていた。

役場から避難勧告を出してもらうことはできなかった。照現もいない。白耀にはことわられた。

（じゃあ、どうする）

子供の頃から土砂災害の映像が怖かった。その恐怖が現実になるかもしれない時に、自分はなにができるだろう。

蓮は神社の軒下で深呼吸した。

（誰にも死んでほしくない。そして……タエが味わった恐ろしさを、ほかの子に味わってほしくない）

だからここまで来たのだと、自分に再確認する。

カッパのフードを深くかぶり直し、リュックから取り出したＬＥＤランプを手に、蓮は神社を飛び出した。

村の家を一軒一軒、訪ねてまわった。

「西の方角から土石流が来るかもしれません。避難してください」

必ず来ると断言できないのがもどかしかったが、逆に、「どうしてだ」と聞いてくれる人もあった。が、役場での対応と同様、ほとんどの家で、「なにを言ってるんだ」「警察を呼ぶぞ」と、蓮の言葉はまともに取り合ってもらえなかった。

百軒足らずの家々をまわり終えると、もう十時近かった。話を聞いてくれた家も、そうでない家も、誰もどこにも避難しようとはしなかった。

（ダメか……いや、でも、家の中で、すぐに逃げられるように準備してくれてるかも……）

そう自分を慰めて、蓮は疲れ切った身体で照現神社に戻る。

村内に宿泊施設はなく、愛山《あいざん》市に下りるバスももうない。タクシーを呼んで下山する手もあったが、どうしてもこのまま村を離れたくなかった。

六月も下旬とはいえ、山間部の夜は冬のように寒い。防水・防寒は十分に気をつけて準備してきたが、それでも手足は凍え、歯《ここ》がカタカタ鳴る。

照現は留守だと聞いたが、社の前で、

「ごめんなさい、失礼します。お宿を借ります」

と拝礼してから、蓮は社の戸を開いた。

中は正面にご神体が納められているらしい木箱が祀《まつ》られ、ガランとしていたが、今は雨と風をしのぐ屋根と壁があるだけでありがたい。

蓮はリュックから着替えを取り出し、汗を吸ったせいで冷えの原因にもなっている下着を替えた。カイロも取り出し、腰に当てる。携帯用の簡易食料で夕食をすませた。

（雨、やまない）

タブレットで気象情報を開くと、昼頃降りだした雨の量は半日ですでに記録的なレベルになっていて、さらに夜半から朝方にかけて激しくなると、うれしくない予報がされていた。

（なにもないといい）

おかしな学生が大騒ぎをして村を困らせた……そんなふうに言われるなら、それでよかった。

（山の神様、どうぞ村をお守りください）

祈って、蓮はリュックを枕に横になった。

寝ているあいだ中、屋根を叩く雨の音を聞いていた気がする。

はっと目覚めたのはうるさいほどのその雨音ではなく、低く鈍い、地響きのような音のせいだった。社が揺れたような気もする。

蓮は急いで起き上がると、昨夜、壁に掛けておいたカッパをふたたび着込んだ。帽子をかぶり、フードもかぶる。

社の外に出ると、空はもうかなり明るくなっていて、ライトがなくても物の形は判別できるほどだった。

高台になっている神社の階段の上から左手を見ると昨日よりさらに水量を増した与野川が見えたが、右手は暗い木立の中に沈んで黒っぽい影が見えるだけだった。——が、目を凝らすうちに、その黒い影の向こう側から、ドドドドと低い唸《うな》りのようなものが聞こえてきた。

湿った苔《こけ》のような、土の匂いを嗅ぎとった途端、蓮は走りだした。

「逃げろおおおッ」

声を限りに叫んで村の道を走る。昨夜、鼻先でドアを閉められた家の雨戸をどんどん叩く。

「土石流だっ逃げろッ」

道に飛び出し、また別の家のドアを叩く。

「土砂崩れだあ！　逃げろ、起きろっ」

そうして、三軒、四軒と叩き起こしてまわるうちに、背後の不穏な唸りはどんどん大きくなってきた。生木が折れる、バキバキという恐ろしい音も迫ってくる。

「うわあああッ」

「崖崩れ！　崖崩れだあッ」

気づいて家を飛び出した人々が叫びながら道路を走りだすのが見えた。あちらこちらの家の明かりが次々とつく。

しかしもう、それを「よかった」と言えるタイミングではなかった。

肩越しに、村の背後の木立が左右に開き、真っ黒い塊が咆哮《ほうこう》を上げて身をくねらせ、村へと躍りかかってくるのが見えた。

ついさっき声をかけた家の倉庫が、まるで将棋の駒のように後ろから前へと押し崩される。獲物を丸呑《の》みする大蛇のように、黒い泥流は次にその家へと迫った。

「危ないっ」

その家からはまだ誰も出てきていないはずだ。蓮は叫んで踵《きびす》を返した。

かつて見たタエの記憶が目前の風景と重なる。湿った苔の匂いを撒《ま》き散らし、土砂と岩と木々を飲み込んでますます大きく膨れ上がりながら、家を、畑を、人々の生活を、その命を、飲み込んで奔る大蛇――。

（人は、こんなに無力なのか。ぼくはまた、なにもできない）

絶望感と悲しさが胸に広がる。

（それにぼく、ここで死ぬかも）

どこかでやけに冷静に思った瞬間、

「――白耀！」

口が勝手に動いて、その名を呼んでいた。

「ごめん！」

（また、あなたを残して逝《い》く）

蓮が己の死を覚悟し、大蛇の舌がその家に今まさに触れようとした、その時だった。蛇の頭が、まるで下から見えない手に押されたかのようにのけぞった。

「えっ」

重力と勢いにさからって、まさにのけぞるかのように上方向へとうねった泥流から、ばらばらと岩や土くれ、木片が連のところまで落ちてくる。

「うわっ」

腕で頭をかばいながら、蓮の目は土石流を堰《せ》き止めてそそり立つ氷の壁を捉えていた。土石流のすさまじい勢いから家を、蓮をかばうようにそそり立った氷壁が、ぎしぎしと軋《きし》む。

家から住民が飛び出してきた。

「あ、あんた！」

家の手前で立ちすくむ蓮を見つけて、昨夜蓮に向かって「警察を呼ぶぞ」とすごんだその家の主人らしき男が蓮の腕を摑んだ。

「あんたも逃げろ！」

「ぼ、ぼくはいい……」

蓮は男の手から腕を引き抜いた。逃げられるわけがない、白耀を置いて。

「ぼくはいいから、急いで逃げて……！」

「じゃ、じゃあ、あんたもすぐに逃げろよ！」

男は言い置いて、家族とともに村の道を下へと走りだした。ほかの家からも次々と人がまろび出てくる。

それを見てとって、蓮はまた背後を振り仰いだ。

氷の壁に堰き止められた土石流は蛇がその身を壁にこすりつけ、打ち倒そうとするかのようだ。対して、壁はその厚みを増して蛇身を押し返そうとしている。氷が軋む音と土砂が氷をこする音が不穏に響く。

「白耀！」

姿は見えないが、声は届くだろうか。

「白耀ッ！」

なにもできないのが、こんなにももどかしい。

『ぐおおあああ――っ』

大蛇が咆哮を上げて身をのたうたせた。向きを変え、斜面をすべって、別方向から村へと押し寄せてくる。

その蛇頭をまた、新たに地面から生えた氷壁が阻む。ぎしぎしと土石流と氷壁は押し合い、せめぎ合い、そしてまた、さらに下方へとのたうつ泥流を氷がさえぎる。

「白耀、白耀――！」

声が枯れるほどに叫び、どれほどが過ぎたか。

やがて、暴れ狂っていた蛇の動きが鈍く遅くなり始めた。見れば、その蛇体のあちらこちらは白く凍りついている。

ついに、恐ろしい地響きも、木々が砕ける音も、すべてがシンと静まった時――土石流は冷たく硬い氷で覆われていた。

「白耀？　白耀？　どこ⁉　どこにいるの⁉」

蓮は身が震えるような恐怖と不安をおぼえて、駆けだした。

自分の力では土石流を止めることはできないと言っていた。照現でもむずかしいだろうと。では照現が戻ってきて、白耀とふたりで力を合わせてくれたのだろうか。白耀はどこにいるのか。

最初の氷壁が立った、今まさに飲み込まれるところだった家の裏手に駆け込むと、そこに白い着物に身を包んだ白耀が立っていた。

（いた！）

安堵《あんど》がどっと押し寄せて、

「白耀！」

蓮は叫んで足を速めた。——が、その目前で。

ゆっくりと、白耀の身体が倒れた。


「白耀！　白耀！　しっかりして！」

怒るように励ますように、必死に声をかけると、蓮の腕の中で白耀は細く目を開いた。

遠目にはわからなかったが、こうして腕に抱けば、白く輝いていた着物も、白耀自身もぼろぼろだった。

「……いつぞやとは……」

声はかすれて聞きとりにくい。

「逆だな」

「白耀……大丈夫？　ぼくはどうすればいい？　照現さん、照現さんを呼んでくるよ！」

「……じいさんでも……もう、どうしようも、ないわ……」

「白耀……いやだ、死なない、死なないよね!?　白耀は妖怪だよね？　死なないよね!?」

笑みの形に、白耀の唇がかすかに動いた。

「……か、め……妖怪は……神とは、ちがう……あやつらは……本物の……バケモノだが……

俺、ちは……死ぬ、ぞ……」

「やだ……やだ……白耀ぉッ……死んじゃやだっ……」

「……おまえは……どこまでも……」

なにを言うのかと必死にその顔を見つめ、一言も聞き漏らすまいと蓮は耳を澄ます。

「……わがままだ……」

泣き笑いになって、蓮は「なにそれ」と突っ込んだ。

「……タエとは……ちがう……」

「……………」

「不思議な、ものだ……同じ、なのに、ちがう……」

「だから、ちがうって言ってるじゃん……」

白耀の瞳が、これまでのどの時より優しく、そして愛《いと》しげに、蓮に向けられた。

「……ちがうが……愛おしい……おまえが……おまえで……よかった……」

「白耀……」

「愛、して、いる……れん……」

「ぼくも……！　ぼくも、愛してる……！」

「………」

白耀の手が蓮の頬《ほお》に伸び、その唇がなにか言おうとするかのように開いた。が、その手は蓮

の頬に届く前にだらりと下に落ち、唇は閉じた。

「白耀？　白耀ッ……やだ……置いてかないで……白耀おっ！」

腕に抱く男の身体がどんどん軽くなり、その身が透けるように薄くなっていくのを、蓮はなすすべもなく見つめる。

「白耀ッ――――！」

最後の声は届いたのだろうか。

蓮の腕から、白耀の姿は消えていた。

＊　＊　＊

なにをしていても涙が出た。

バイト先でもゼミでも不意に涙が零《こぼ》れてきて、佳奈《かな》にも、安藤《あんどう》にさえ、心配された。

「え、大丈夫ですよ？」

と笑顔で、ただタラタラと涙を流し続ける蓮は周囲に相当に心配された。

風が吹けば振り向き、白い服を見れば立ち止まってしまう。

（白耀、白耀）

白耀の命と引き換えになると知っていたら、助けてくれなどと頼まなかった。もっとほかの方法を探したのに。

そうしたら、白耀が死ぬことはなかったのだ。

蓮のもとには役場と大学を通して、村の人々から幾通もの感謝状が届いた。村役場からは名誉村民の称号を贈りたいと打診も来た。教え子の武勇伝は岡本《おかもと》教授にもうれしいらしく、「ぼくの秘蔵っ子だから」などと他の教授に紹介されたりもするようになった。

そんな周囲の動きにも、蓮の心は動かなかった。

村に人的被害がなかったのは蓮が声をかけて走ったからではないのだと、蓮だけが知っている。

白耀の氷の壁に阻まれ、進路を村からそらされたあと、凍りついた土石流は、その後ゆっくりと溶けだして、村の畑や家々に流れ込んだ。しかし、その被害は直撃にくらべればはるかに軽微だった。

白耀が命がけで食い止めてくれた……命がけで、蓮の願いを叶《かな》えてくれた、そのおかげだった。

（白耀が死ぬとわかってたら……あんなこと頼まなかった……）

いくら泣いても、蓮の涙は乾かなかった。

そんなある日。

泣き疲れた蓮が、なにをするでもなく、ベッドに座ってぼーっとしていた時だった。

部屋の中央にポンという音と少量の煙が立った。

え、と目を見張る間に、現れたのは照現だった。

「おーここじゃここじゃ。やはり東京《とうきょう》は遠いのう」

にこにこしてそう言う。

「しょ、照現さん！」

蓮はベッドを転がるように降りると、やはり狐《きつね》に酷似している顔の照現にすがり寄った。

「ど、どうして……！」

「そなたがいつまでも泣き暮らしておるからのう」

もとから細い目をさらに細めて照現は蓮の頭をぽんぽんと叩いた。

「照現さん、白耀が……」

その名を口にした途端、また涙が溢れた。

人ではない白耀の存在も、また自分とのかかわりも、蓮は誰にも打ち明けられずにいた。だが、今ようやく、その死を語り、ともに悲しめる相手が現れてくれたのだ。

「ぼくが、ぼくが、村を助けたいとか……馬鹿なことを願ったから……だから、白耀が……」

「それは立派な志じゃぞ？　なにも馬鹿ではないわ」

「でも、でも、そのせいで白耀が……！」

「嫁のたっての願いを叶えて死んだのじゃ。男冥利《みょうり》じゃろうよ」

死んだ、と照現の口からはっきりと言われて、また新たな涙が零れて落ちる。

うーっと泣き声を上げて、蓮はうつむいた。ラグにぽたぽたと涙が吸われていく。

「おお、そんなに泣くと目が溶けてしまうぞ」

背中を優しく撫《な》でられて、さらに声が大きくなった。

「ご、ごめんなさい……」

ひとしきり泣いて、蓮はまだ収まり切らぬ嗚咽《おえつ》に喉《のど》を震わせながら照現にあやまった。

「せっかく、来てもらったのに……」

「それじゃがの。せっかくわしが来ておるのじゃ」

「あ、お茶でも……」

「茶か。よいな。しかし、そうではない。せっかくわしが来ておるのじゃぞ？　なにか言うことがあるであろう」

「言うこと？」

蓮は涙を拭きながらいそがしく頭を働かせる。

「えっと……お疲れ様、とか？　遠路はるばるありがとうございます、とか？」

「まあそれは言ってもらったほうがうれしいが。……あるじゃろ、ほれ」

「……えっと……」

「神様がわざわざ来ておるのじゃぞ？」

「え、えっと……」

「次のテストでよい成績をお願いします、でもよいし、死んだ氷雪の妖怪を生き返らせてほしい、でもよいぞ?」

蓮は目が張り裂けそうなほどに見開いた。

「……………」

「おお、そんなに目を丸くすると眼球が飛び出てしまうではないか。……おまえの目は溶けたり飛び出たり、大変じゃの」

冗談口はもう、耳に入っていなかった。

「ほ、本当ですか! 本当に白耀を……!」

「テストの成績はよいのかの」

「白耀を……生き返らせてもらえるんですか……? 本当に……?」

照現は咳払《せきばら》いとともに胸を張った。

「言うたであろう? 悪いようにはせんと。わしも神様じゃでの。妖怪のひとりぐらい、この世に戻してやろうではないか」


初雪まで待て、と言われてから五ヵ月。

十月の半ばを過ぎてからは、冷え込むと予報が出るたび、蓮は檜恵岳《ひのえだけ》を訪れた。

そして、十一月のある日のこと。

厳しい冷え込みの中、恵沢湖まで登った蓮はそっと禁止区域のロープをくぐって、かつて白耀が眠っていた、その昔には夕エと白耀が暮らしていた洞《ほら》のあった氷のクレバスまでやってきた。

クレバスのかたわらまで来て足を止め、蓮は空を見上げた。重く灰色に垂れ込めた雲は今にも白いものを降らせてきそうだ。

「白耀……白耀、帰ってきて」

空に祈る。と、その願いが通じたかのように、ちらちらと白いものが降ってきた。

「雪……！」

感極まってつぶやき、目を戻すと、そこに、まるで雪とともに空から降ってきたかのように、白耀がたたずんでいた。

白い着物、長い黒髪、怜悧《れいり》な横顔――まちがいない、白耀、その人だった。

白耀はまるで初めて見るもののように、己の手をかざして見、そして、髪をすくって見ている。

「……はくよう……白耀！」

愛しいばかりのその名を呼んで、蓮は走った。ゆっくりと顔を上げるその人の胸に抱きついた。

「白耀!」

本当に帰ってきてくれた。生き返ってくれた……感極まって、思い切りその身体を抱き締める。

違和感はすぐにやってきた。

白耀は蓮の名を呼ばず、抱き返してもくれないのだ。

「……白耀?」

とまどって見上げると、目を見張る白耀の顔があった。

「……俺の名は、白耀というのか?」

不思議そうな声。

「白耀? ……もしかして……おぼえていないの……?」

まさかと思いながら、しかし、どこかで納得してもいた。

人間が輪廻転生《りんねてんしょう》で魂の記憶を失うなら、生き返った妖怪が「前世」を忘れていても当然かもしれない。

「おまえは……?」

小首をかしげて問われ、蓮は泣きそうな気持を殺して笑ってみせた。

「やだな。ホントに忘れちゃったの? ぼくは蓮、八坂《やさか》蓮。……白耀の……あなたのお嫁さんだよ？」

　白耀の眉がひそめられた。

「男同士で？　嫁？　それはおかしいだろう」

　つきりと胸が痛んだ。それでも蓮は笑顔を保つ。

「……おかしくても……男同士でも……ぼくはあなたのお嫁さんだよ。……白耀」

　愛しくて仕方のない男の頬を両手で挟んだ。

「大丈夫。きっとすぐに思い出すよ……ぼくが、思い出させてあげるから」

　あれほど愛し合った、前世。

　そして、ついに想いを確かめ合うことのできた、今世。

　忘れてしまったなら、また思い出せばいい。——繰り返せばいいのだ、何度でも。

　そして何度でも恋に落ちて、何度でもまた結ばれればいい。

「白耀……」

　背伸びして、そっと唇に唇を寄せた。

「思い出して、ぼくのこと」

　何度でも思い出して、何度でも結ばれればいい。でも、ひとりでおぼえているのはやはりつらい。できるなら、少しでも早く思い出して——。

　キスにとまどったのか、目を見張っていた白耀の表情が、不意に変わった。

　ぷ、と小さく吹き出す。

「限界だな。もう無理だ」

「え？」

「蓮。おまえも同じことをするではないか。少しは忘れられているつらさがわかったか」

「……え？　……え？　……は？」

　とまどう蓮の頬を今度は白耀が挟んでくる。

「しかし、俺の嫁だと自分から言ってくれるとは思わなかったぞ。だが、嫁なら嫁らしく、もう少し思いのこもった接吻《せっぷん》をしてほしいものだな。……こういう……」

　唇を重ねられた、と思う間もなく、舌が入ってきて、蓮の舌に絡みだす。

（忘れてなかった？　てか、フリをしてた⁉）

「……ん、ぐッ……はな、せッ」

　しつこい唇からなんとか顔を離した。

「なんだ、相変わらずつれないな」

「お、おぼえて……おぼえてるじゃないかっ」

「当たり前だ。俺はおまえとはちがって愛情深いからな。大事なおまえのことを忘れるわけがないだろう」

「な、え、な……」

文句を言いたいのか、反論したいのか、それともうれしさに泣きだしたいのか、自分でもわからず口をぱくぱくさせる蓮に、白耀がにこりと笑った。

「お帰りと、言ってはくれないのか、蓮?」

(もう!)

「お帰り、お帰り、お帰りなさいッ!　もうどこにも行かないでっ!」

蓮は白耀に抱きついた。愛しい人の腕が、しっかりと抱き返してくれる。

うれしくて、笑いが込み上げてきて、けれど、うれしすぎて、涙が出てくる。

「蓮……」

名を呼ばれて顔を上げると、口づけられた。

「どこにも行くなということは……おまえは俺にそばにいてほしいのだな?」

どこか得意げな顔で念を押されて、蓮は一瞬「う」と詰まる。

「そ、そうだよ!　そうだけど、も、もし、白耀がいやなら……べ、別に……」

「俺がいやなわけはなかろう。最初に逃げ出したのはおまえのほうだ」

白耀とはなんの話もせぬままに、照現の社から抜け出したことを責める口調だった。

「あ、あれは……逃げ出したんじゃなくて……あれは……」

蓮は口ごもってうつむく。――いや、逃げ出したのだ、白耀とタエの絆を見て、自分とのちがいを痛感して。

「――白耀。ぼくは……白耀が好きだよ。……愛してる。でも、それは……タエほど純粋で強いものじゃないかもしれないし……それに……白耀はタエと出会って、いろんな感情を知っていったんだよね？　そんな、そんな絆に、ぼくは……かなわないなって……」

ほう、とあきれたような溜息が頭上から落ちた。

「じいさんから聞いてはいたが……本当にそんな理由でじいさんの社を飛び出したのか」

無言でうなずくと、顎《あご》に手がかかった。顔を上げさせられる。

黒い、真剣な瞳がまっすぐに蓮に向けられていた。

「蓮。確かに俺はタエと出会って、いろんな感情を教えてもらった。けれど、同じくらい……おまえにもいろいろと教えてもらっているぞ？　魂は同じでも、ちがう人間を愛するということも、自分自身の恨みを忘れて、愛する人の望みを叶えてやることのうれしさも……俺はおまえに教えられたのだ」

「白耀……」

立蔵村を救ってほしいという自分の頼みのせいで、白耀は文字通り露と消えることになってしまった。それなのに「うれしかった」と言ってくれる白耀に、胸がいっぱいになる。

「蓮、蓮」

白耀の唇に綺麗な微笑が浮かぶ。両頬を手で包まれた。

「タエと同じことを、おまえと繰り返すつもりはないぞ？　おまえはおまえだ、八坂蓮……俺はおまえが愛おしい」

「ぼくも……！」

叫ぶように蓮は返した。

「ぼくも……ぼく自身で……白耀のことが好きだよ！　ずっと一緒にいたい！」

「蓮……！」

ふたたび唇が重ねられた。強く吸い上げられる……と、その唇の感触も頬を包む手の感覚も急に消え、蓮は白い渦《うず》に巻かれて空中へと持ち上げられていた。

どこに運ばれるのかと目を丸くしていると、蓮が眠る白耀を見つけたクレバスの底へと蓮を連れていく。

「ここは……」

一時期は「氷人発見」と騒がれただろうクレバスも今は当然のように無人で、上を見上げれば氷の壁のあいだから細く空が見えるばかりだ。

「風が来ないだけ、上よりもいいだろう」

人の姿に戻った白耀が言う。

「いいって、なにが」

不穏なものを感じつつ尋ねると、

「夫婦が愛を交わすのに、吹きさらしの野より、ここのほうが」

当然のように返ってくる。

不穏な予感が的中したことといかにもそれが当たり前という白耀の態度の両方に動揺して、

「え……そ、そんないきなり……?」

と、あとずさると、薄笑いの白耀が腰に手をまわしてきた。

「なにがいきなりだ? おまえは俺の嫁だと、さっき自分でも認めたではないか」

「あ、あれは、一番わかりやすい説明かなって……あ」

抱き締められて口づけられる。

熱心に唇を吸い、舌を絡めてくる白耀に、たちまち身体の芯《しん》が蕩《とろ》けだし、蓮はすがるように白耀の白い衣を握り締めた。

「蓮……蓮……」

口づけの合間に名を呼ばれる。愛おしげに、とても大切な者の名のように。もう白耀は蓮のことを決して「タエ」とは呼ばない。名を呼ぶ声に込められた想いはまっすぐに蓮だけに向けられている。

「白耀……」

そして、蓮も。白耀の名を呼び返しても、もうそこにタエの追憶が重なってくることはない。

(ぼくは、ぼくとして……ぼく自身で……)

「白耀が……好きだ……」

つぶやいて返した瞬間に、涙が溢れてきた。

「好き……好き……」

「蓮……」

白耀が体重をかけてきて、その場に押し倒された。冷たい氷の床の上だったが、しっかりと着込んできた登山用の防寒ウエアのおかげで、痛さはない。

「……困ったな」

蓮の上で、白耀は少しとまどっているように見えた。

「なにが……？」

「いや……おまえがそう素直だと……今日は久しぶりでもあるし、優しく丁寧にと思っていたんだが……」

白耀の言葉に、氷の床に寝かされているせいではない寒気が背を走る。

「え、それでいいよ？　優しく丁寧がいいよ？」

あわてて早口で言ったが、ふっと白耀に笑われた。

「無理なようだ」

「え、冗談……っ」

冗談だよね、と続ける前に、口を白耀の唇にふさがれていた。白耀の舌はぬめぬめと蓮の舌に絡み、蓮の舌を己の口中に誘い込むようにすると、歯を立てて吸い上げた。

「ふんんッ――ッ、んッ」

(舌！　抜ける！)

叫びたくても舌を引き出されたままでは抗議の言葉を口にすることはできない。

そうしてさんざん蓮の舌をしゃぶり、蓮を喘《あえ》がせたあと、白耀の唇は蓮の耳朶《じだ》へ、そして首筋へと舌とともにすべっていく。

「あッ……んッ」

声を上げると氷の壁に反響して、自分の耳に返ってくる。それが恥ずかしくて少しでも声を控えたいのに、耳朶を甘く噛まれたり、首の柔らかいところを狙《ねら》うように吸い上げられると、ぞくぞくと妖しい戦慄《せんりつ》が身体を走ってどうしても声が漏れてしまう。

白耀の手が蓮の腰へとすべり……しかし。

「……どうすればいいのだ、これは！」

白耀が蓮の登山ウエアの裾を摑んで声を荒らげる。伸縮性もあり、身体にフィットするように作られているウエアはスエットのようにかんたんにまくれ上がらない。

「あ……ああ、これはファスナーで……」

蓮は身体を起こすとアウターのファスナーを下ろした。

「で……下が、フリースで、あ、これもファスナー下ろせば……で、その下が綿のシャツで、その下にもう一枚……」

「脱げ」

厳しい声で言われる。

「全部脱げ。今すぐだ」


冬山の装備は着ているものも多い。

ボトムスだけでも下着のほかに、防寒用のタイツを重ねばきした上に厚手のズボンをはいている。

蓮がもそもそと服を脱いでいるあいだ、白耀は「何枚着てるんだ！」といらいらしていたが、蓮が上下とも下着一枚になったところで、腕を引いてきた。

「最後の一枚ぐらいは俺が脱がせてやる」

と、自分も手早く脱いだ着物を広げた上に蓮を押し倒す。

「あ……」

薄い布地越しに身体をまさぐられ、すぐに最後の一枚も取り去られた。

剝き出しになった素肌に冷たい手が這《は》う。乳首を冷たい唇に挟まれ、股間のものに冷たい指が絡む。けれど、その冷たい唇と指に触れられて、蓮の肌は熱を帯び、たまらぬ疼《うず》きが触れられているところから全身へと広がった。

白耀の唇に吸われて胸の尖《とが》りは赤く熟れ、ペニスは白耀の手の中で芯をしっかりと持って立ち上がる。

「や、あッ、ん、んぁ……」

身の奥から昂《たか》ぶってくる波に、蓮は身をよじらせた。とても冷たくて、そして熱い――白耀に触れられているからこその快感に蕩けそうになる。

「蓮……おまえが可愛い」

白耀が顔を上げる。黒い髪が乱れかかるその顔を、蓮は両手で挟んだ。首を上げ、自分からその唇に口づけた。

「ん……ふ、……んっ……」

愛しい。とても。

胸いっぱいに膨れ上がった想いをどう伝えればいいのかわからなくて、蓮は何度も白耀の唇に唇を合わせ、精一杯に吸い上げた。

「蓮……！」

こらえかねたような声で呼ばれ、くるりと身体を入れ替えられた。

「え……」

自分の下になった白耀を、蓮はとまどって見下ろす。

「これならば、おまえも背中が痛くないだろう」

「え、あ、うん……でも……」

どうすればいいのかわからない。

そんな蓮をいやらしい笑みを含んだ眼差しで見上げたまま、白耀は自分の中指と人差し指を蓮の口元に伸ばしてきた。

「舐《な》めろ」

命じられて、蓮はとまどったまま、しかし懸命にその長い指を口に含んで舌を這わせた。

「よし、少し腰を上げてみろ」

「そんな……」

「いいから上げろ」

強い口調で繰り返されて、蓮は白耀の白く広い胸に手をつき、白耀の腰を挟んで膝をつくと、わずかばかり腰を上げてみた。

その浮いた腰の下に、すかさず白耀が手を差し込んでくる。蓮自身の唾液をたっぷりとまとわせた指で深い狭間《はざま》を探られる。

「ひあっ！　や……っ」

肉のすぼまりを探り当てた指がさらにその中へと忍んでこようとする気配。蓮は反射的に腰を浮かせたが、白耀の指は蓮の秘孔から離れなかった。

「や、だっ、や、んんんッ！」

ぬめりとともに、白耀の指がすぼまりの中へと沈んでくる。一本……そしてまた一本。長い指がぬくぬくと秘部の内壁を縫って蓮の体内へと入る。

「いやッ――！」

ぞくりとした。たまらずぶるりと身体を震わせると、

「指では物足りないか？」

と、とんでもないことを聞かれた。

「は、はあ!? なに言って……そんなわけない……！」

「そうか。俺は物足りないぞ？」

不吉なことをさらりと言うと、白耀は指をずるりと引き抜いた。蓮の腰骨の上を強い力で摑む。

「え、え、や、ウソ……っ」

腰を摑んだ手に下へと力がかけられ、そして白耀の腰が浮いてくる。指が抜かれたあとに、白耀の猛《たけ》ったものの先端がぐっと押しつけられた。

「い、やあッ！　やぁ……」

いやだと訴えるその声が、言葉とは裏腹に甘く濡れているのを、蓮は氷の壁から跳ね返ってくる響きの中に聞き取った。己のはしたなさに顔が熱くなる。

もう、二度とないと思っていた。望まれ求められて、肌を合わせて白耀とつながる、その行

為。身を穿《うが》たれる苦痛の中に、内奥を拓《ひら》かれ、こすられる快感があることを蓮は白耀に教えられた。痛いだけではないのを、もう蓮の身体は知っているのだ。

「そのまま腰を下ろせ」

「や、やだ！　できな……！」

「ではこのまま終わるか？」

「……っ」

意地の悪い問いに、涙が出そうになる。が、

「来い、蓮」

うながす白耀の声もわずかだが上ずり、蓮を見上げてくる瞳にあせりにも似た色がある。

人間離れした白皙《はくせき》の美貌《びぼう》。黒い艶やかな髪が、初めて氷の中に見つけた時のように、扇状に広がっている。

（ぼくの……夫）

胸に愛しさが溢れてくる。

蓮は目を閉じると、秘孔に白耀の雄を押し当てたまま、腰を下ろした。

「――ぅああッ!!」

わずかばかりのぬめりを与えられただけの肉環が圧力に軋む。腰が痛みに跳ね上がりそうになるのを蓮は歯を食いしばって耐えた。

「うッ……ふ、う……あぅッ——あ！」

「……くぅ……」

身を押し開かれる苦痛にのけぞる。

狭すぎる秘孔を穿つ白耀もまた、眉を険しく寄せて呻く。

それでも——ゆっくりと、蓮は腰を下へと進めた。硬く天を向く屹立《きつりつ》に、己の身体をじりじりと沈めていく。内臓が押し上げられるような重い感覚と、異物に肉襞《にくひだ》をこじ開けられるような異物感に、たまらず声を上げながら。

ついに。

蓮の双丘の肌と白耀の下腹部の肌とがぴたりと重なった。その瞬間、最奥まで抉《えぐ》られた感覚に、蓮はひときわ高い声を放って喉をのけぞらせた。

「……あ……あ……」

「……よく、がんばったな」

ぴたりと一分の隙《すき》もなく白耀自身を己の粘膜で包み込んで喘ぐ蓮を、白耀が優しくねぎらう。

その瞳が優しく、けれど、やはりまだまだ物欲しげな熱をたたえて自分に向けられているのを、蓮は荒い息をつきながら見下ろした。

「どうだ。……動けるか」

「……え？」

「ゆっくりでいい。やってみろ」

「え、無理……」

が、下から急《せ》かすように揺らされて、蓮はこわごわ、腰をわずかばかり持ち上げた。とまどいつつも上げた分だけ、腰を落とす。とたん、身体の深部から鮮やかな快感が散った。

「あうふッ」

「そうだ。上手だ。続けろ」

「……ッ」

苦痛と紙一重の淫靡《いんび》な快感。その震えが静まるのを待って、蓮はもう一度腰を上げて下ろした。声もなく身悶《みもだ》える。

数回、そうして白耀の男性器で己の身を穿ち、そのたびにきつすぎる快感に悶え、蓮は涙目になって首を横に振った。

「も……無理、無理……」

自分でこれ以上自分を追い詰められない。きつすぎる快感にここまでが限界だった。

「そうか。……上のほうがおまえが楽かと思ったが、これでは互いに蛇の生殺しだな」

白耀はそう言うと、ぐっと上体を起こした。つながりを解かぬまま、蓮を抱えてくるりと身体を入れ替える。

見下ろしていた白皙の美貌に、今度は見下ろされる形になって、それだけで胸がざわめいた。

「はく、よう……」

膝裏に白耀の手がかかった。そのまま上へと持ち上げられ、上体を倒してきた白耀の肩に担がれてしまう。

「ひうッ」

その体位の変化にぐりっと肉の隘路《あいろ》を抉られて、蓮は声を上げた。それなのに、白耀はそのまま上から続けざまに打ち下ろすようにして腰を使ってくる。

肌のぶつかる音、白耀の先走りで濡らされた秘部が立てる音、そして蓮の喘ぎ声がクレバスに響く。

「いああッ、あんっあんっ——んん、あ、アんッ……あはあッんッ——んああ……！」

主導権を握らされていた時とはまるでちがう……男のリズムでこれでもかとばかりに内奥を抉られ、秘肉をこすられ、蓮はきつすぎる快感に炙《あぶ》られて必死に身をよじった。

「やめ、やめてっ！　無理ッ……も、無理……あんんッいやあ——アアア！」

よがり声が迸《ほとばし》る。

蓮はすがっていた白耀の肩に無意識のうちに爪を立てていた。

もうこれ以上は無理——そう訴え続けていたのに、

「こぼれているぞ」

という声とともに、いつの間にか硬く漲《みなぎ》っていたペニスを握られ、目の前に火花が散った。

「ヒッ――！」

後ろを穿たれながら、男の快感を刺激される。その両方からの責めに爪先まで丸めて、蓮はのけぞった。自覚のないままに快楽の露をこぼしていたペニスをその露ごと握り込まれてこすりたてられ、同時に後ろを強弱つけて扶られる。

「……ッ……ッ」

種類のちがう官能にそれぞれ追い詰められた。追い上げられ、貪られ、こんな高みは知らないほどの淫乱《いんらん》な愉悦を味わわされて、いつしか、蓮の喉からは声も出なくなっていた。閉じた視界は真っ白に染まったままになる。

（ゆき……？）

すべてを覆い隠し、世界を白一色に変えていく雪。たまらなく愛おしくせつない、雪景色。

「蓮……蓮！」

荒い息とともに名を呼ばれ、蓮はなんとか目を開いた。

愛しい男の顔と、その背後に天までそびえてきらきらと輝く氷壁があった。

（ああ、綺麗だ……）

「蓮、好きだ……！」

「は、く……愛して、る！」

互いへの愛を告げ合った直後、ふたりは同時に快感の証《あかし》を吹き、絶頂を極めていたのだった。

はあはあと乱れた息をつきながら、互いへと腕を伸ばした。蓮のほうは、ほんのわずか、腕が上へと持ち上がっただけだったが。

胸を合わせてしっかりと抱き合った。

その腕も胸も、蓮が「冷たい」と感じないほどにぬるいのは……。

「白耀……」

強引で、すぐ怒って、時々意地も悪いけれど、けれど優しい人。

「蓮……愛しいぞ」

蕩けそうに甘い声で、優しく包み込むような眼差しで、名を呼ばれ、愛を告げられる。

「うん。ぼくも」

胸の奥からしみじみと湧いてくるのはうれしさと輝くような幸福感だった。

蓮は白耀を抱き返す腕にきゅっと力を込めた。

時を超え、輪廻を超えて、今また、新たな絆を紡《つむ》いでいく――。

深い氷の亀裂の底で抱き合うふたりのもとへ、雪がひとひら、舞い降ちてきた。

あとがき

初めまして！　こんにちは！　楠田雅紀《くすだまさき》です。

「氷雪の花嫁」、輪廻転生《りんねてんしょう》とか魂とか前世とか神様とか妖《あやか》しとかバンバン出てくるお話でしたが、皆様、大丈夫でしたか？

楠田、実を言うとけっこうスピリチュアル好きで、前世も魂も守護霊も信じてるクチですが、そういうの絶対認めない方も多いらしいですね。男性に多いみたいですけど。でも、初めて訪れるはずの地が妙に懐かしく感じたり、不思議なご縁で出会ったりする人って、いたりするじゃないですか。そういうこと、「絶対認めない派」の方は全然ないんでしょうか。胸騒ぎとか虫の知らせなんてものも一切ないほうが、逆に不思議な気がしますが。

映画「かみさまとのやくそく」というのがあるのですが、ご覧になった方、いらっしゃいます？　母親のおなかの中にいた時の記憶や、それどころか、おなかに宿る前、さらには前世の記憶も鮮明にある子供たちのドキュメンタリーなんですが、なかなか驚きでした。

その映画の中でも少し出てきますが、人は亡くなったあと、自分の人生をもう一度、つぶさに振り返らされるという説があるそうです。それを「地獄」と呼ぶのだという説明を聞いた時「ほおおお！」と思いました。確かに思い出せば恥ずかしさで悶絶《もんぜつ》しそうなこと、申し訳なさで消え入りたくなりそうなこと、その他もろもろをもう一度、しかも、今度は相手の気持ちも全部わかった上で振り返らされるって……怖いですよね。でも、それが魂の成長のためには必要なのだとか……。うん。綺麗《きれい》に優しく生きていかなきゃって思いました。悶絶する材料はひとつでも少なくしておきたいなって。まあ、いまさら感はありますが……。

今回のお話は白耀《はくよう》と蓮《れん》のやりとりのほか、前世と今世とか魂の記憶とか、そういうことを考えるのもとても楽しかったです。登山と土砂災害の資料を図書館に行って調べたり、地形図とにらめっこしたり、またひとつ、思い出深い作品ができました。

悪戦苦闘していたさなか、夏河《なつかわ》シオリ先生からいただいたカラーイラストにどれだけ励まされたことか。夏河先生、本当に美しい白耀と蓮をありがとうございました。

そして厳しいスケジュールの中、伴走してくださった担当様、いつも本当にお世話になっています。感謝です。

そしてそして！　この作品を読んでくださった貴方へ！　心より、最大の感謝を！

あの、お気軽に、気楽に、ご感想いただけるとうれしいです。

また、お目にかかれますようにと、心より祈りつつ……。

二〇一六年神無月吉日　楠田雅紀

この本を読んでのご意見、ご感想を編集部までお寄せください。

《あて先》〒105－8055　東京都港区芝大門2－2－1　徳間書店　キャラ編集部気付
「氷雪の花嫁」係

■初出一覧
氷雪の花嫁……書き下ろし

Chara

氷雪の花嫁

【キャラ文庫】

2016年12月31日　初刷

著者　楠田雅紀
発行者　小宮英行
発行所　株式会社徳間書店
〒105-8055　東京都港区芝大門2-2-1
電話　048-451-5960（販売部）
　　　03-5403-4348（編集部）
振替　00140-0-44392

印刷・製本　図書印刷株式会社
カバー・口絵　近代美術株式会社
デザイン　百足屋ユウコ＋北國弥生（ムシカゴグラフィクス）

ISBN978-4-19-900863-4